그
날
의

메
아
리

그날의 메아리

초판 1쇄 2019년 2월 20일
초판 2쇄 2020년 5월 15일

글쓴이 | 오채, 정명섭, 박정애, 설흔, 하창수
펴낸곳 | 도서출판 단비
펴낸이 | 김준연
편 집 | 최유정
등 록 | 2003년 3월 24일(제2012-000149호)
주 소 | 경기도 고양시 일산서구 일중로 30, 505동 404호(일산동, 산들마을)
전 화 | 02-322-0268
팩 스 | 02-322-0271
전자우편 | rainwelcome@hanmail.net

ISBN 979-11-6350-011-7 03810
ISBN 978-89-967987-4-3 (세트)

값 11,000원

국립중앙도서관 출판시도서목록(CIP)

그날의 메아리 / 글쓴이: 오채, 정명섭, 박정애, 설흔, 하창수
— 고양 : 단비, 2019
p. ; cm

ISBN 979-11-6350-011-7 03810 : ₩11000

청소년 문학[靑少年文學]
한국 현대 소설[韓國現代小說]

813.7-KDC6   CIP2019003722

그날의 메아리

오 채
정명섭
박정애
설 흔
하창수

단비
danbi

차
례

그날의 메아리

⋮

오채

마지막 태극기까지 차곡차곡 쌓아 보자기를 묶었다.

'하나님이 함께하실 거야, 용기를 내자!'

언니의 목소리가 귓전을 맴돌았다.

은덕은 나무 십자가 앞에 태극기 보따리를 놓았다. 무슨 일이 닥칠지 모른 채, 희망에 부풀어 태극기를 그렸던 일 년 전이 아득한 옛일 같았다. 은덕은 북받치는 감정을 누르며 명신과 쇠냥을 향해 미소를 지어 보였다. 언니가 했던 기도를 떠올리며 나지막이 기도를 드렸다.

"하나님, 이제 시간이 임박하였습니다. 원수 왜를 물리쳐 주시고 이 땅에 자유와 독립을 주소서. 내일 태극기를 드는 모든 사람에게 용기와 힘을 주시고, 이로 말미암아 이 땅에 행복이 깃들게 하소서. 주여 같이하시고, 우리들에게 힘을 주옵소서!"

기도가 끝나자 명신과 쇠냥이 "아멘"을 외쳤다. 은덕은 자신의 옷

보따리를 명신에게 내밀었다. 비단 옷을 입은 명신은 보따리를 받으며 고개를 숙였다.

"편지가 들어 있어. 혹시라도 무슨 일이 생기면 꼭 우리 언니한테 전해 줘."

명신이 세차게 고개를 흔들었다.

"끝까지 네 옆에 있을 거야."

쇠냥도 거들었다.

"그려. 살아도 같이 살고, 죽어도 같이 죽는 겨."

교회를 나온 은덕은 두 친구와 함께 매봉산으로 향했다. 쇠냥이 매봉산을 오르며 한숨을 내뱉었다.

"작년엔 언니도 있고, 어른들도 많이 있었는데… 이제 우리뿐이다."

어디를 봐도 언니가 생각났다. 봄이면 나물을 캐고, 여름이면 흐드러지게 핀 들꽃 길을 따라 거닐고, 가을이면 굵은 알밤을 주우러 온 산을 헤매고, 겨울이면 봉긋한 언덕에서 썰매를 타느라 해가 지는 줄 몰랐다. 언니와 함께 있으면 어디서든 재미난 일이 벌어졌다.

'그립고 보고픈 절절한 맘이 저 산보다 높게 쌓였제….'

할머니는 매봉산을 볼 때마다 노래처럼 같은 말을 읊조렸다. 언니를 떠나보낸 지금에서야 할머니의 마음을 이해할 수 있게 되었다. 언니를 향한 사무치는 그리움이 은덕의 가슴에 켜켜이 쌓이고 있었다.

산중턱에 다다르자 부모님이 총살당한 자리가 보였다. 일본 헌병대는 사람들이 자주 지나다니는 길목에서 교인들을 총살했다. 마을 사람들은 그 길을 안 마주치려고 먼 길로 돌아서 다니곤 했다. 은덕은 언니와 함께 산에 오를 때만 먼 길로 돌아가지 않았다. 언니는 항상 산중턱에 서면 두 주먹을 불끈 쥐고 분을 냈다. 은덕은 자신을 대신해 분을 내 주는 언니가 있어 든든했다.

부모님의 마지막 숨이 머물던 곳에 서서 은덕은 숨을 골랐다.

'용감하게 맞설 수 있게 나를 위해 기도해 줘.'

세 사람은 말없이 봉화가 있는 산꼭대기로 올라갔다. 일 년 전, 독립의 꿈을 품고 활활 타오르던 봉화는 차갑게 식어 있었다.

은덕은 얼음장처럼 차가운 봉화에 손을 갖다 댔다. 그리운 얼굴들이 하나둘 스치고 지나갔다. 은덕은 애써 미소를 지으며 명신과 쇠냥을 바라보았다.

"비록, 이 봉화에 불을 지피지 못하지만 우리 마음에 독립의 불을 지피자. 함께해 주어 많이 고맙다. 너희들이 있어서 행복했다."

명신이 은덕의 손을 잡으며 눈물을 글썽였다.

"좋은 동무들과 함께해서 행복했어. 계속 너희들과 함께하면 얼마나 좋을까…."

두 달 전, 예배당을 나서는 은덕 앞에 쓰개치마를 쓴 처녀가 길을 막아섰다. 땅바닥만 보고 걷던 은덕은 흠칫 놀라 길을 비켜섰다.

"나 좀 보시오."

"나를 아십니까?"

여인이 쓰개치마를 벗으며 미소를 지었다.

"작년 봄, 키 큰 여인과 함께 우리 아버지를 찾아왔었지요."

은덕은 언니 이야기만 들으면 가슴이 꽉 막힌 듯 숨 쉬기가 힘들었다. 겨우 숨을 내뱉으며 은덕이 입을 열었다.

"언니는, 여기 없습니다."

"알고 있습니다. 경성으로 호송되었다고…."

어디를 가든, 사람들은 언니에 대해 쑥덕거렸다. 은덕은 그럴 때마다 부아가 치밀었다. 대거리를 하고 싶은 마음이 클수록 숨소리는 가빠지고 입을 열면 쉿소리만 나왔다. 은덕은 그럴 때마다 자신이 한심스러워 맨가슴만 쳤다.

은덕이 의심의 눈초리로 쏘아보자 명신이 손사래를 쳤다.

"염탐 온 것이 아닙니다. 저는 옆 마을에 사는 이명신이라고 합니다. 혼처가 정해져서 처녀의 시간이 얼마 남지 않았습니다. 뜻을 같이하고 싶어 왔습니다."

일본 헌병들이 가뜩이나 촉을 세우고 다니는 시기이기에 은덕은 명신을 곱게 볼 수 없었다. 은덕은 명신을 유심히 살피며 물었다.

"무엇 때문에?"

명신이 은덕을 똑바로 쳐다보며 말했다.

"행복이라는 말을 그날 엿들었습니다. 그 뒤로 이상하게 가슴이 뛰었습니다. 작년 봄, 장터로 나가다 아버지한테 붙들려서 여기까지

왔습니다. 헌데 어제 앞마당에 날아든 서신을 보았습니다. 이대로 시집가 버리면 다시는 이 일에 동참할 수 없겠지요."

'행복'이라는 한마디에 두 눈에 들어간 힘이 풀려 버렸다. 매봉산 봉화 아래서 언니가 행복을 말하던 날이 떠올랐다.

"쇠냥아! 언니가 왔다! 경성 간 언니가 왔단 말이다! 당장 오늘부터 야학을 시작한다는구나. 저녁에 교회로 올 거지?"

온 마을을 다니며 소식을 전한 은덕은 다시 언니 집으로 달려갔다.

"언니! 진짜 나 상 받는 거야?"

은덕의 물음에 언니가 보따리를 가리켰다. 은덕은 두 손을 꼭 모은 채 보따리를 보았다. 언니가 보자기를 풀 듯 말 듯 뜸을 들이자 은덕은 몸을 배배 꼬았다. 그 모습을 지켜보던 아주머니가 언니를 나무랐다.

"어이구, 저러다 은덕이 숨넘어갈라. 얼른 보여 주어라."

언니가 장난기 가득한 얼굴로 보자기를 천천히 풀었다.

"진짜네! 진짜다!"

은덕은 새 성경책에 코를 박고 가죽 냄새를 맡았다. 난생 처음 가져 보는 새 책에 가슴이 뛰었다. 지난겨울, 언니는 야학에서 교재를 가장 빨리 뗀 사람에게 상을 주겠다고 했다. 은덕은 한글을 떼자마자 언니가 준 교재를 끝내 버렸다. 읽을 수 있는 것은 모조리 읽어 보고 싶었다. 어떤 상을 받고 싶냐는 물음에 단번에 성경책을 말했다. 언니처럼 자신의 이름이 적힌 성경책을 가지고 싶었다. 언니는 경성에 가면 성경책을 구해다 주기로 약속했다. 은덕은 여름이 오기만을 손꼽아 기다렸다. 여름에 온다던 언니가 개나리가 피기도 전에 나타났으니 기적이 일어난 것만 같았다.

언니가 은덕의 머리를 쓰다듬으며 말했다.

"네 얘기를 했더니 동무들이 용돈을 모아 사 준 거야. 너도 학당에 다닐 수 있도록 기도하고 있어. 넌 똑똑해서 무엇이든 잘 배울 거야."

"아, 언니 동무들은 언니처럼 맘씨가 다 곱다. 많이 고마워! 그리고 나는 언니한테 잘 배우는데 학당이 무슨 필요야. 할머니한테 성경책 보여 주고 교회로 바로 갈게!"

은덕은 성경책을 가슴에 안고 집으로 달려갔다. 장터에서 막 돌아온 할머니는 채소 장사꾼들이 버린 다 시든 이파리를 다듬고 있었다.

"할머니, 언니가 경성에서 무슨 상을 가져온지 아오?"

은덕은 할머니 앞에 빳빳한 가죽 성경책을 내보였다. 할머니는 손을 몇 번이나 씻고 와서 성경책을 물끄러미 보았다. 흙 때가 깊이 박힌 할머니의 손이 한참 만에 성경책 위에 잠시 머물렀다.

할머니 목소리가 떨렸다.

"느이 아비가 들려주던 그 소리를 다시 듣겠구나. 불쌍한 내 새끼, 부모만 살아 있었어도 학교를 다닐 수 있을 것인디."

은덕은 애써 밝은 표정을 지었다.

"경성에서 제일 유명한 이화학당 다니는 언니가 가르쳐 주는데 학교 다니는 거나 매한가지지. 이 성경책도 언니 동무들이 용돈을 모아서 사 준 거래."

"그려, 고마운 처자들이구나. 너라도 내 옆에 있게 해 주신 게 하나님의 은덕이지 뭐냐."

은덕은 앙상한 뼈가 툭 불거진 할머니의 등을 꼭 안았다.

"할머니가 내 옆에 있는 게 하나님의 은덕이지."

매봉산 자락을 올려다보며 할머니가 입을 열었다.

"그날만 생각하면 기가 찬다. 니가 자박자박 걸을 때였제. 아침부터 죽죽 설사를 해 대더니 교회 가서도 그러드라. 예배 드리다 말고 집에 와서 너를 씻겼제. 너를 들쳐 업고 다시 교회로 가는디 사람들이 붙잡드라. 일본 놈들이 교회로 들이닥쳐서 교인들을 죄다 매봉산으로 끌고 올라갔다고. 그게 마지막이 될 줄을 누가 알았겠냐. 총소리가 온 산을 울리드라… 애린 너를 두고 어찌케 눈을 감았을 거나. 아직도 저 산만 쳐다보면 총소리가 들리는 것 같아."

일본 헌병대는 의병을 도왔다는 이유로 교인들을 총살하고 교회를 불태웠다. 은덕은 일본이라는 말만 들어도 몸서리가 쳐졌다. 일본인에게 돈을 빌린 마을 사람이 끔찍하게 맞는 것을 본 뒤로 은덕은 일본이 더 두렵고 무서웠다. 일본인에게 봉변당한 사람들 얘기는 하루가 멀다 하고 들려왔다.

할머니는 장터 국밥집에서 하루 종일 일을 하고 보리쌀 한 줌을 얻어 왔다. 점점 먹고살기 힘들어지는 것도 일본 때문이었다. 할머니는 보리쌀 반 줌에 시든 채소를 넣어 겨우 국밥 한 그릇을 만들었다.

"난 아까 언니가 준 찐빵을 먹어 배 안 고파."

은덕은 부러 할머니 앞에 그릇을 내밀었다. 할머니는 그릇을 다시 은덕에게 밀었다.

"할미는 국밥 냄새도 맡기 싫다."

"냄새만 맡으니 그렇지. 우리 반반 나눠 먹자."

은덕은 억지로 할머니 입에 숟가락을 밀어 넣었다.

"나라도 같이 일하면 좋은데. 나 다시 국밥집에 나가면 안 돼?"

할머니는 단호하게 고개를 내저었다. 장터에 일본군이 자주 드나들기 시작하자 할머니는 은덕을 집에만 있게 했다. 행여 일본군에게 은덕이 해코지를 당할까 할머니는 늘 노심초사였다.

교회에 들어서자 언니와 몇몇 동무들이 보였다. 은덕은 맨 앞으로 가서 앉았다. 언니에게 배우는 모든 것이 새롭고 즐거웠다. 이번에는 어떤 새로운 것을 배울지 기대가 되었다.

동무들이 다 모이자 언니가 앞으로 나갔다.

"우리는 오늘부터 야학을 잠시 멈추고 만세 운동을 준비할 것입니다."

언니의 목소리가 다른 때와 달리 강하고 단호했다. 은덕은 낯선 언니의 모습에 마른침을 삼켰다. 언니가 보자기를 풀어 작은 종이 한 장을 보여 주었다.

"이것은 우리 대한제국의 상징인 태극기입니다. 지금 대한의 동포들이 전국에서 일어나 태극기를 들고 독립을 외치고 있습니다. 우리도 한 달 뒤, 아우내 장터에서 만세 운동을 하게 될 것입니다. 저 극악무도한 일본이 나라를 빼앗고, 이 민족을 짓밟는 것을 더는 지켜봐서는 안 됩니다. 우리도 밤마다 태극기를 그려 독립을 준비합시다."

쇠낭이 번쩍 손을 들고 외쳤다.

"그려, 일본을 때려눕히고 만세를 부릅시다!"

언니는 준비해 온 물감과 붓을 나누어 주었다. 언니가 하는 일은 무엇이든 같이할 준비가 되어 있지만, 불길한 예감을 지울 수 없었다.

집으로 돌아오는 길, 은덕이 물었다.

"경성에서도 만세 운동을 했어?"

언니는 걸음을 멈추고 한참 동안 밤하늘을 올려다보았다.

"은덕아, 나는 우리 마을에서 보는 밤하늘이 참 좋다. 경성보다 별이 더 많이 보여서 좋아. 학당에서도 고향이 그리운 날은 마당에 나가서 별을 보곤 했어. 어떤 날은 별처럼 빛나는 사람이 되고 싶어 가슴이 설렜지."

잠시 숨을 고르는 언니의 입에서 허연 입김이 나왔다.

"만세 운동을 하다 일본 헌병대에 쫓겨 도망치던 밤, 일본의 총에 맞은 시체를 몇 번이나 밟았는지 모른다. 그래도 달려야 했어. 그러다 어느 집에 숨어 들어가 밤하늘을 올려다봤어. 눈물이 나더라. 내가 다시 저 별을 보며 설레는 날이 올까, 싶어서."

은덕은 가슴이 먹먹해서 아무 말도 할 수 없었다.

"망한 나라, 망한 백성으로 사는 게 얼마나 괴로운지 아니. 망한 백성에게는 희망도, 행복도 없어."

"행복?"

처음 들어보는 말이었다.

"학당에서 행복이라는 말을 배웠어. 마음이 기쁘고 즐거울 때 쓰는 말이야. 이 말이 어찌나 좋던지. 우리가 주인인 나라에서 자유롭게 꿈을 꾸고 살면 행복하겠지. 헌데, 지금 이 나라는 일본이 왕 노릇 하니 무슨 자유가 있겠어. 나라를 되찾지 못하면 영원히 불행한 땅이 될 거야."

학당은 학생들을 보호하기 위해 당분간 문을 닫았다고 했다. 언니와 동무들은 각자 고향으로 내려가 만세 운동을 펼치자고 약속했다고 했다. 몇 달 사이 언니는 다른 사람이 된 것 같았다. 일찍 부모를 여읜 자신을 친동생처럼 돌봐 준 언니가 은덕은 피붙이처럼 애틋했다. 은덕은 그런 언니가 위험해질까 봐 자꾸만 겁이 났다.

한 달 동안 언니는 은덕이 아는 사람 중에 가장 바삐 움직였다. 이른 새벽부터 산을 넘어 다니며 만세 운동에 참여하라고 사람들을 설득했다. 가까운 거리는 은덕도 동행했다. 은덕은 어른들 앞에서 주눅 들지 않고 용감하게 말하는 언니가 자랑스러웠다. 저녁이면 교회에 모여 태극기를 그렸다. 이따금, 동무들이 태극기를 그리다 꾸벅꾸벅 졸면 언니는 학당의 선생님 흉내를 내기도 하고 노래를 불러 주기도 했다. 동무들은 그럴 때마다 눈이 동그래져서 다시 태극기를 그렸다. 처음의 불안도 잠시, 은덕은 언니와 함께하는 하루하루가 더없이 즐겁기만 했다.

만세 운동을 하루 앞두고 은덕은 뜬눈으로 밤을 새웠다. 언니가 말한 행복이 찾아올지도 모른다는 희망과, 알 수 없는 불안에 잠을 이룰 수 없었다.

이른 아침, 교회로 가자 언니가 기다리고 있었다.

"어른들은 미리 장터로 가셨어. 오늘 이 태극기가 독립의 불씨가 될 거야."

은덕은 언니의 얼굴을 살피며 조심스럽게 물었다.

"헌데, 언니는 안 무서워? 난 어젯밤에 가슴이 방망이질하듯 뛰어서 잠을 못 잤어. 언니는 참 용기가 많은 것 같아."

언니의 얼굴에 따뜻한 미소가 번졌다.

"은덕아, 용기는 두려워하지 않는 것이 아니야. 두려워도 행동하는 거지. 보이지 않고 들리지 않지만, 곳곳에서 만세 소리가 울려 퍼질 걸 생각하면 행복해. 저들은 총과 칼로 나오지만 우리는 나라를 사랑하는 마음으로 나가는 거야."

태극기 보따리를 머리에 이며 언니는 힘을 주어 말했다.

"사랑은, 반드시 이겨!"

언니의 말을 곰곰이 생각하며 은덕은 걸음을 옮겼다. 은덕은 일본의 총과 칼이 부럽기만 했다. 모두를 두렵게 만드는 무기만 있으면 충분하다고 생각했다. 언니의 말을 듣고 보니 자신의 생각이 부끄러워졌다. 언니가 말한 '사랑'이 반드시 이기는 날이 곧 올 것만 같아 가슴이 설렜다. 장터로 향하는 은덕의 발걸음이 한결 가벼워졌다.

장터에서 만난 사람들 얼굴에도 희망이 보였다. 은덕은 두근거리는 가슴을 지그시 누르며 장터를 둘러보았다. 태극기 보따리를 펼치자 사람들이 하나둘 모여들었다. 은덕이 나눠 주기도 전에 사람들이 태극기를 집어 갔다. 수많은 사람들이 태극기를 들고 모여 섰다. 만세 운동의 대표로 나선 조 선생님이 앞으로 나가서 독립선언서를 읽었다. 선생님이 태극기를 높이 들고 만세를 선창하자 사람들이 태극기를 흔들며 만세를 외쳤다.

그때 태극기를 든 언니가 앞으로 달려 나갔다.

"여러분, 원수 왜를 몰아내고 자주 국가를 회복합시다! 대한 독립 만세! 대한 독립 만세!"

사람들의 함성이 점점 커졌다. 은덕은 수많은 태극기 물결에 갑자기 어지럼증이 일었다. 느닷없이 가슴이 옥죄듯 조여 오며 숨 쉬기가 힘들어졌다. 입을 벌리고 '만세'를 외칠라치면 벌써 말이 목 안으로 들어가 버렸다. 은덕은 답답한 가슴을 툭툭 치며 태극기만 흔들었다.

사람들이 어딘가로 행진하기 시작했다. 이미 언니를 놓친 지 오래였다. 선두에서 멀어진 은덕은 인파에 떠밀려 걸음을 옮겼다. 함성과 태극기 물결, 멀어진 언니, 은덕은 휘청거리는 다리에 힘을 주며 힘겹게 걸음을 옮겼다.

날카로운 고함소리가 들려왔다. 일본 헌병대가 나타났다며 사람들이 웅성거렸다. 헌병대의 고함 소리와 만세 소리가 으르렁거리듯 번갈아 가며 들려왔다. 만세 소리가 점점 더 커졌다. 은덕은 답답한 가슴을 부여잡으며 태극기만 높이 들어올렸다. 또다시 사람들이 술렁거리며 뒷걸음질 쳤다. 그 바람에 은덕은 힘없이 자빠졌다.

누군가 외치는 소리가 들렸다.

"총을 보고 겁먹지 말고, 더 힘껏 만세를 외칩시다!"

별안간 귀가 먹먹해졌다. 순식간에 주위가 고요해지더니 이내 비명 소리가 들려왔다. 한 발, 또 한 발, 연달아 총소리가 들렸다.

얼마쯤 달렸을까. 정신을 차리고 보니 마을 입구였다. 무슨 정신으로 마을까지 달려왔는지 알 수가 없었다. 총소리를 듣는 순간, 어릴 때 들었던 총소리가 선명하게 기억났다. 엄마와 아버지를 빼앗아간 짧지만 강렬한 소리… 숨을 내뱉는 것도 마음대로 안 되었다. 은덕은 타는 듯한 가슴을 주먹으로 치며 억지로 숨을 내뱉었다. 빽빽거리는 이상한 소리가 새어 나왔다. 한참이 지나서야 들숨 날숨이 제자리로 돌아왔다. 그제야 언니 생각이 났다. 또다시 왼쪽 가슴이 타들어 가듯 조여 왔다. 은덕은 가슴을 치며 다시 장터로 달렸다.

"아이고, 은덕아! 느그 할매가 미친 사람마냥 니 이름을 부르고 댕기더라."

장터에서 황급히 들어오던 이웃 할머니가 은덕을 붙잡았다.

"총, 총소리가 들리던데요."

할머니는 분에 못 이겨 몸을 부르르 떨었다.

"갈기갈기 찢어 죽여도 시원찮을 놈들! 유 선생님 부부가 총에 맞고 세상을 떴지 뭐냐. 그 집 딸은 옆구리에 칼을 맞고 붙잡혀 갔다고 하드라. 우리 마을 사람만 몇이 죽고 잡혀갔다더라. 죽고 다친 사람들 피가 곳곳에, 아우 무서워서 눈도 제대로 못 뜨고 달려왔다."

다리에 힘이 풀린 은덕은 그대로 주저앉고 말았다.

그날 저녁, 마을로 들이닥친 일본 헌병대는 사람들을 언니네 집 앞으로 불러 모았다. 만세 운동을 하면 무슨 일을 당하는지 일장 연설을 늘어놓은 뒤 보란 듯이 언니 집을 불태웠다. 마음 깊이 누르고 눌렀던 분노가 불길과 함께 타올랐다. 은덕은 어찌할 바를 몰라 두 주먹만 불끈 쥐었다. 불길은 순식간에 언니 집을 삼켜 버렸다.

잿더미로 변한 집 앞에 은덕은 한참이나 서 있었다. 재 가루가 바람에 날려 은덕의 머리에 앉았다. 탄 냄새가 가슴 깊이 파고들었다.

'망한 나라, 망한 백성으로 사는 게 얼마나 괴로운지 아니…'

언니의 말이 떠오르자 참았던 울음이 서럽게 쏟아졌다.

며칠 뒤, 만세 운동을 하다 붙잡힌 사람들이 공주로 호송된다고 했다. 일본 헌병대는 이번에도 사람들을 불러 모았다. 은덕은 언니를 보기 위해 처음으로 집 밖을 나갔다. 은덕은 사람들 틈에서 숨죽인 채 언니를 기다렸다. 언니를 볼 낯이 없었지만, 먼발치에서라도 용서를 구하고 싶었다.

"하이고, 무서라. 꼭 저승에 끌려가는 사람들 같네."

사람들이 수군거리는 소리에 은덕은 힘겹게 고개를 들었다. 대나무로 얼기설기 엮은 용수를 쓴 사람들이 포승줄에 묶여 걸어오고 있었다. 앞이 보이지 않아 주춤거리며 내딛는 걸음들 속에 당찬 걸음이 보였다. 은덕은 한눈에 언니를 알아보았다. 일본 헌병대는 총칼을 흔들어 대며 용수를 쓴 사람들을 위협했다. 덩달아 거리에 모인 사람들까지 숨을 죽였다. 은덕은 줄곧 언니의 걸음을 지켜보았다. 당당한 걸음에서 후회는 보이지 않았다.

'사랑은, 반드시 이겨!'

언니의 말이 귓가를 맴돌았다.

하루아침에 부모를 잃은 은덕은 언니가 항상 부러웠다. 자상한 아버지와 인자한 어머니, 우애 있는 형제들도 부러웠다. 언니는 언제까지나 그렇게 살 것 같았다. 자신과 전혀 다르다고 생각했던 언니가 하루아침에 부모를 잃고 형제를 잃었다. 온 가족이 모여 살던 집도 불탔다. 이 기막힌 일이 하루 동안 일어났다는 것이 도무지 믿기지 않았다. 은덕은 멀어져 가는 언니를 보며 하염없이 눈물만 흘렸다.

어디를 가든 언니 소식을 들을 수 있었다. 공주에서 재판을 받은 언니는 다시 경성으로 가서 재판을 받고 감옥에 갇혔다. 언니가 잡혀간 뒤로 교인들은 뿔뿔이 흩어졌다. 은덕은 일요일이면 할머니와 함께 텅 빈 예배당에 앉아서 성경을 읽다 집으로 돌아왔다.

은덕은 날마다 언니를 도울 수 있는 방법을 알려 달라고 기도했다. 어느 오후, 예배당 구석에 처박힌 물감과 종이가 눈에 들어왔다. 은덕은 당장 동무들을 찾아갔다. 일 년 전 함께 태극기를 그렸던 동무들은 모두 고개를 내저었다. 은덕은 혼자서 태극기를 그리기 시작했다.

'언니가 언제 돌아올지 모르니 준비해야지.'

며칠 뒤, 쇠냥이 막냇동생을 업고 예배당 문을 열고 들어왔다.

"재로 변한 언니 집을 볼 때마다 울화통이 터져서 더는 안 되겠어. 우리, 같이 태극기를 그리고 원수 왜를 물리치자."

은덕은 쇠냥과 함께 태극기를 그렸다. 이따금 쇠냥의 막냇동생이 칭얼대면 은덕은 쇠냥과 번갈아 가며 아기를 업었다.

"물감도 곧 바닥날 텐데. 이를 어쩌지."

은덕은 종이와 물감을 구하려 애썼지만 달리 방법이 없었다. 그러던 중 공주에서 낯선 손님이 찾아왔다. 언니가 공주 학교를 다닐 때 언니를 잘 알던 목사님이라고 했다. 목사님은 언니를 면회하러 가는 길에 잠시 들렀다고 했다. 은덕은 목사님이 좋은 소식을 가져다주길 기대하며 더 열심히 태극기를 그렸다.

경성에 다녀온 목사님은 깊은 탄식을 내뱉었다.

"쉽게 풀려나기는 힘들겠구나. 면회도 못하고 왔다. 감옥 형편을 잘 아는 분에게 들으니 감옥에서 걸핏하면 만세를 외쳐서 고문을 당하고 있다더라. 감옥에서 나가면 독립운동을 할 거냐는 물음에

늘 그렇다고 대답해서 형이 감해지지도 않고, 누가 시킨 일이냐고 물으면 하나님이 시킨 일이라고 말한다는구나.”

장터에 떠도는 소문처럼 언니 소식은 좋지 못했다. 모진 고문으로 언니가 반송장이 되었다는 말이 곳곳에 떠돌았다. 은덕은 언니 소식을 들을 때마다 가슴을 치며 눈물만 흘렸다. 목사님은 교회에 며칠 머물며 은덕에게 힘을 주었다. 적은 양이지만 종이와 물감을 구해다 주기도 했다.

“일본의 감시가 갈수록 심해지고 있다. 행여나 사람들을 찾아다니면서 만세 운동을 하자고 하면 큰일 난다. 태극기 그리는 것도 비밀로 하고 그려야 한다.”

‘어떻게 하면 더 많은 사람들이 모여 만세 운동을 할 수 있을까….’

은덕의 고민이 깊어져 갔다.

잠자리에 누운 할머니가 은덕의 머리를 몇 번이고 쓰다듬었다. 한참 만에 할머니가 입을 열었다.

“긍게, 너도 만세 운동을 하고 싶으냐?”

갑작스러운 물음에 할 말이 생각나지 않았다. 은덕은 대답대신 할머니 손을 꼭 잡았다. 할머니가 목을 가다듬으며 다시 물었다.

“느그 부모까지 갈 것도 없이, 느그 언니가 그 꼴을 당하는 것을 봤는디도 계속하겄다 이 말이제?”

은덕은 목이 메어 아무 말도 하지 못했다.

"그리, 가슴에서 천불이 나는디 집에 가둬 놓는다고 그 불이 꺼지겠냐. 그리라. 어디 한번 붙어 봐라. 원이나 없게."

눈물이 핑 돌았다. 할머니의 말에 힘이 나면서도 앞으로 다가올 날들이 서러운 나날일 것만 같아 코끝이 찡해졌다.

'한글을 배우면 너희들이 경성에 있는 나에게 편지도 보낼 수 있어. 우리가 떨어져 있어도 글로 서로 안부를 물을 수 있단다.'

느닷없이 언니가 야학에서 한글을 가르쳐 줄 때 했던 말이 떠올랐다. 사람들을 찾아다니며 만세 운동을 같이하자고 말할 수 없지만, 종이에 날짜와 시간을 적어서 집집마다 전할 수는 있었다.

아침이 밝자마자 은덕은 목사님을 찾아갔다. 목사님은 은덕의 말을 듣고 고개를 끄덕였다.

"좋은 생각이구나. 마침, 경성에서 내려온 선교사님한테 반가운 소식을 들었다. 만세 운동 일주년을 맞아서 삼월 일 일에 전국 각지에서 만세 운동을 벌인다는구나. 감옥에 갇힌 이들까지 만세 운동을 벌인다니, 마음이 급하다. 나는 이제 공주에 내려가서 만세 운동을 펼쳐야 하는데 잘할 수 있겠니?"

은덕은 힘껏 고개를 끄덕였다.

"헌데, 언니한테 편지를 보낼 수 있을까요?"

"글쎄다. 지금 면회도 어려우니 편지를 전해 주지는 않을 것 같다. 편지도 자기들이 먼저 읽을 테니 오히려 독이 될 수도 있다."

예배당을 나서던 은덕이 뒤를 돌아 물었다.

"독립의 날이 오긴 오겠지요?"

목사님은 깊은 한숨을 내뱉었다.

"포기하지 않고 독립을 외치다 보면 반드시 오겠지. 다만, 이 민족이 너무 많은 피를 흘리기 전에 그날이 오기를 기도할 뿐이다."

3월 1일 정오, 아우내 장터로 모입시다! 원수 왜를 물리치고, 이 민족이 행복한 땅에서 살도록 힘을 보탭시다. 대한 독립 만세! 대한 독립 만세! 대한 독립 만세!

은덕은 쇠냥과 함께 머리에 수건을 쓰고 마을과 마을을 다녔다. 일본의 감시가 심해졌지만 일본 헌병대는 머리에 수건을 쓴 부녀자들은 그냥 보내 주었다. 은덕은 편지를 보자기에 잘 싸서 쇠냥의 막냇동생 기저귀 속에 넣었다. 일본 헌병대의 눈을 피할 수 있는 가장 좋은 방법이기에 쇠냥의 막냇동생을 꼭 업고 다녔다. 쇠냥이 망을 보는 동안 은덕은 집집마다 편지를 두고 왔다. 글을 모르는 사람들은 편지를 들고 글을 아는 집으로 달려갔다. 은덕은 편지를 받은 이들의 가슴마다 독립의 불씨가 지펴지기를 기도했다.

"은덕아, 우리 막내가 열이 펄펄 끓어서 못 가겠다. 오늘은 너 혼자 다녀야 하는데 괜찮겠어?"

은덕은 쇠냥과 함께할 때 가지 못했던 먼 길을 나서기로 했다. 혹시 몰라 할머니가 준 시든 채소를 머리에 이고 길을 나섰다. 마을 입구를 막 벗어나려는데 일본 헌병대가 서 있었다. 흠칫 놀란 은덕은 하마터면 대야를 떨어뜨릴 뻔했다. 헌병이 은덕을 힐끔 보더니 허리춤에 찬 칼을 흔들며 손짓했다.

"어이, 이리 와 봐."

은덕은 대야를 쥔 손에 힘을 주고 헌병 앞으로 갔다. 헌병은 은덕의 대야를 힐끗 보고는 고개를 절레절레 내저었다.

"이런 촌구석에서 누가 독립 운동을 한다고 감시하라는 건지. 너무 예민하게 군단 말이지."

다른 헌병이 말했다.

"서대문에 잡혀간 그 계집이 이 마을에 살았잖아. 지금도 감옥에서 제일 말썽이래. 걸핏하면 만세를 외쳐서 두들겨 맞고 고문을 당한다잖아. 아, 나도 얼른 경성으로 가서 고문하는 참맛을 느껴 봐야 하는데. 그게 그렇게 짜릿하다는데."

은덕은 아무것도 모른 척 고개를 숙였다. 일본 헌병대는 대야에 든 시든 채소를 뒤적이다 은덕을 보내 주었다. 헌병대를 지나치자 다리에 힘이 풀렸다. 망한 나라 백성으로 사는 괴로움에 눈물이 마를 날이 없었다.

'언니, 우리에게 행복의 날이 오긴 올까….'

저녁이 되어 교회로 가자 먼저 와 있던 쇠냥이 호들갑스럽게 다가왔다.

"어쩐다냐. 목사님이 오늘 공주로 내려가려고 길을 나섰다가 헌병대에 잡혀갔단다. 목사님이 언니를 면회하러 간 일이 발각돼서 그렇대."

목사님은 일주일이 지나서야 교회로 돌아왔다. 헌병들은 피투성이가 된 목사님을 던지듯 떨어뜨리고 사라졌다. 은덕은 교회 어른들을 찾아가서 목사님 치료를 부탁했다.

순이 아주머니가 피 묻은 수건을 빨며 눈물을 훔쳤다.

"은덕아, 만세 운동은 배부른 사람들이나 하는 거라고 모진 말한 것을 용서해라. 입으로 죄만 짓고 살고 있구나. 작년에 우리 교인들 죽고 붙잡혀 가는 거 보고, 눈 감고 귀를 닫았다. 그렇게 살면 살아질 줄 알았는디 괜찮지가 않다. 나도 나와서 태극기 그릴란다."

저녁이 되자 교인들이 하나둘 모여 태극기를 그렸다. 종이와 물감이 떨어지자 교인들이 돈을 모아 종이와 물감을 사 오기도 했다. 은덕은 교인들이 힘을 보태자 더욱 용기가 생겼다.

몸이 회복된 목사님은 교인들을 불러 모았다.

"저는 공주로 내려가서 만세 운동을 해야 합니다. 부디, 이곳 성도들께서도 독립을 위해 힘을 다해 주시기 바랍니다."

목사님은 다리를 절룩이며 기차역으로 떠났다.

"오늘부터 저도 함께하겠습니다."

늦은 오후, 명신이 교회로 찾아왔다. 은덕은 명신을 반갑게 맞아 주었다. 명신은 태극기를 그리기도 하고, 집집마다 두고 올 편지를 써 주기도 했다. 쇠냥은 더디지만 매일 밤 은덕에게 한글을 배우고 있었다.

"은덕아 내가 한글을 다 떼면 다른 상은 필요 없다. 만두 한 판 상으로 받으면 을마나 좋을까. 동생들 없이 나 혼자 만두 한 판 먹으면 원이 없겠다."

다음 날, 교회에 들어서는 명신의 손에 커다란 보따리가 들려 있었다. 은덕과 쇠냥은 명신 덕분에 만두를 실컷 먹었다. 명신까지 힘을 보태자 태극기를 완성하는 속도가 빨라졌다. 은덕은 태극기 그리는 것을 명신과 쇠냥에게 맡기고 만세 운동을 알리기 위해 온 마을을 찾아다녔다.

"그렇게 다니면 발이 온전히 남아나겠냐."

늦은 밤, 할머니가 여기저기 물집이 터진 은덕의 발을 만지며 혀를 찼다.

"어쩌다 이런 풍진 세상을 만나서 부모 잃고 피붙이 같던 언니도 감옥에 갇히고, 뭔 희망이 있다고 태극기를 들고 나갈거나. 하루에도 맘이 수백 번도 더 바뀐다. 너를 이대로 두는 것이 참말로 잘하는 짓인지…. 총칼을 휘둘러 대는 놈들한테 태극기만 들이밀면 될 거냐."

은덕은 할머니 손을 잡으며 말했다.

"우리 엄마 아버지를 죽인 놈들한테 분 내는 것도 무서워서 벌벌 떨었던 나야. 이제 그렇게 살지 않을 거야. 나처럼, 언니처럼, 억울하게 부모 잃고 형제 잃는 사람들이 더는 나오지 않아야지. 나라를 되찾지 못하면 그런 일은 계속 일어날 거야."

할머니는 눈물을 훔치며 고개를 주억거렸다.

만세 운동이 하루 앞으로 다가왔다. 은덕은 밤새 옆에서 뒤척이는 할머니를 위해 기도했다. 할머니를 안전하게 지켜 주시기를. 할머니는 일찌감치 부엌으로 나가 밥을 지었다. 은덕은 깨끗하게 빨아 말린 옷으로 갈아입고 성경책을 펼쳤다. 성경책 맨 앞에 언니의 정성 어린 글이 보였다.

귀한 아우 은덕에게, 하나님의 돌보심이 늘 함께하길 기도한다.
- 너의 언니

은덕은 몇 번이고 언니의 글을 쓰다듬었다. 할머니가 새하얀 쌀밥과 시래기 국을 들고 들어왔다. 상 위에 덩그러니 놓인 쌀밥 한 그릇을 보고 있자니 자꾸만 목이 멨다. 할머니가 숟가락을 은덕에게 내밀었다. 은덕은 물끄러미 쌀밥을 보았다.

"큰일을 하려면 배가 든든해야 혀. 얼른 들어."

눈앞이 자꾸 흐릿해졌다. 은덕은 두 눈에 힘을 주고 겨우 밥을 떴다. 은덕의 입에 밥이 들어가자 할머니 얼굴이 그제야 조금 펴졌다. 은덕은 쌀밥 한 그릇을 다 비우고 일어났다. 할머니는 약속대로 오늘은 장터에 안 나가기로 했다.

은덕은 붙든 손을 놓지 못하는 할머니를 꼭 안아 주었다.

"갔다 올게."

"쌀밥 지어 놓고 기다리고 있을 거. 잘하고 와."

떨어지지 않는 걸음을 겨우 돌려서 교회로 향했다. 명신과 쇠냥도 곧 교회로 들어섰다. 비단 옷을 벗고 은덕의 옷을 입고 온 명신이 새삼스러웠다. 기도를 마친 세 사람은 태극기 보따리를 머리에 이고 장터로 향했다. 매봉산에서 불어오는 칼바람에 치맛자락이 휘날렸다.

'사랑은 반드시 이긴다!'

은덕은 언니의 말을 되뇌며 힘차게 걸음을 옮겼다.

장터는 다른 날과 다름없었다. 정오, 정오가 되면 감옥에 있는 언니도 만세를 외친다고 했다. 이른 아침이라 그런지 장터에 모인 사람은 많지 않았다. 은덕은 일 년 전, 언니가 서 있던 곳으로 걸음을 옮겼다. 바닥에 시든 채소 이파리들을 펼쳤다. 명신과 쇠냥도 보따리를 내려놓았다. 은덕은 아직 한산한 장터를 보며 마른침을 삼켰다. 명신과 쇠냥이 잔뜩 굳은 얼굴로 서 있었다. 은덕은 두 친구의 손을 잡고 힘을 주어 말했다.

"하나님이 함께하실 거야. 용기를 내자!"

장터에 사람들이 하나둘 늘어 갔다. 뒤따라오기로 한 교회 어른들이 아직 도착하지 않았다. 마냥 기다릴 수가 없어 은덕은 시든 채소 아래 숨긴 태극기를 꺼냈다. 명신과 쇠냥도 태극기를 꺼냈다.

은덕은 태극기를 품에 안고 사람들을 찾아다녔다. 태극기를 본 사람들은 화들짝 놀라 고개를 돌렸다. 은덕은 그래도 태극기를 내밀었다.

"정오에 태극기를 들고 대한의 독립을 함께 외쳐 주세요."

"무슨 봉변을 당하려고! 아침부터 부정 타게, 저리 가라!"

은덕은 사람들이 태극기를 밀어내도 또다시 태극기를 내밀었다.

"제가 앞에 설 테니 뒤에서 만세만 외쳐 주세요."

"작년에 그 꼴을 보고도? 어림없지."

그때였다. 낯선 어른이 다가오더니 귓속말을 했다.

"조심해라. 누가 그러는데 일본 헌병대가 지령리 교회로 가는 걸 봤다고 하더라."

은덕은 황급히 명신과 쇠냥을 불렀다.

"헌병대가 교회로 간 모양이다. 장터까지 금방 올 거야. 쇠냥아, 혹시 무슨 일이 생기면 우리 할머니를 부탁한다."

은덕은 마음이 바빠져서 태극기를 들고 이리저리 뛰어다녔다. 태극기를 받아 들지 않는 사람들을 보며 은덕은 가슴이 타들어 가는 것 같았다. 태극기를 미처 다 나눠 주기도 전에 일본 헌병대가 들이닥쳤다.

"저 계집이다!"

두루마기를 입은 사내가 헌병대보다 앞장서 달려오고 있었다. 은덕은 헌병대가 보이자 태극기를 들고 일어섰다.

"아, 아버지."

뒤에 있던 명신이 풀썩 주저앉았다

"저 계집이 내 딸을 꼬드겨 내어 여기까지 오게 했습니다. 제 딸은 아무 죄가 없습니다."

명신의 아버지가 명신을 잡아끌었다. 명신이 힘없이 아버지에게 끌려갔다. 순식간에 사람들이 모여들었다. 총부리 다섯이 은덕을 겨누고 있었다. 총을 보자 가슴이 요동쳤다. 은덕은 심호흡을 하고 일본 헌병대를 한 명 한 명 쏘아보았다. 순간, 언니의 만세 소리가 귓전을 울렸다. 은덕의 가슴에 뜨거운 불길이 솟구쳐 오르는 것 같았다. 은덕은 옆에 있는 커다란 바위 위로 올라갔다. 그러자 일본 헌병대가 총부리를 더 가까이 댔다.

"저 계집년을 끌어내려라! 치안을 어지럽히는 것들은 무조건 발사다!"

은덕은 총부리 너머에 있는 사람들을 보며 큰 소리로 외쳤다.

"우리는 조선이 독립국임과 조선인이 자주민임을 선언하노라! 원수 왜는 물러가라! 우리는 자유의 나라에서 행복하게 살 권리가 있다! 대한 독립 만세! 대한 독립 만세!"

헌병대 중 한 사람이 허리춤에서 긴 칼을 뽑으며 비열한 웃음을 지었다. 장터에 모인 사람들이 겁에 질린 얼굴로 은덕을 바라보았다.

은덕은 더욱 목청을 높였다.

"원수 왜는 물러가라! 대한 독립 만세!"

뒤에 있던 쇠냥이 태극기를 들고 외쳤다.

"대한 독립 만세! 대한 독립 만세!"

아버지에게 끌려가던 명신이 뒤돌아보았다. 은덕은 명신과 눈이 마주치자 고개를 끄덕였다. 누군가는 남아서 태극기를 그려야 하니까.

은덕이 다시 한 번 소리를 높였다.

"대한 독립 만세! 대한 독립 만세!"

일본 헌병대가 칼을 높이 들어 은덕을 향해 내리쳤다. 순식간에 태극기를 든 은덕의 오른손이 땅에 떨어졌다.

쇳날의 외마디 외침에 명신이 뒤를 돌아보았다. 명신은 아버지를 밀치고 피를 쏟는 은덕에게 달려왔다.

"은덕아! 은덕아!"

일본 헌병대를 밀치고 달려온 명신은 머리에 쓰고 있던 수건을 은덕의 팔에 댔다. 수건은 금세 피로 젖었다. 은덕은 땅바닥에 고이는 피를 보며 이를 꽉 물었다. 은덕이 다시 태극기를 들자 명신도 눈물을 훔치며 태극기를 들었다. 몇몇 사람들이 태극기를 들고 다가왔다.

일본 헌병대가 총을 높이 들었다. 피를 많이 쏟아서인지 자꾸만 몸이 떨렸다. 온몸을 파고드는 고통에 똑바로 서 있기가 힘들었다. 은덕은 이를 꽉 물고 일본 헌병대를 향하여 큰 소리로 외쳤다.

"원수 왜는 물러가라! 대한 독립 만세!"

일본 헌병대는 보란 듯이 은덕의 왼팔을 향해 칼을 휘둘렀다. 은덕의 왼손에 들려 있던 태극기마저 땅에 곤두박질쳤다. 그대로 고꾸라진 은덕은 안간힘을 쓰며 다시 일어섰다. 눈앞이 자꾸 흐릿해져서 똑바로 서기가 힘들었다. 언니의 마지막 걸음을 생각하며 은덕은 입술을 꽉 깨물고 허리를 세웠다.

"대 대한, 대한…"

만세를 다 외치기도 전에 총소리와 함께 은덕의 몸에 뜨거운 불꽃이 퍼졌다. 곧이어 명신과 쇠냥의 비명과도 같은 소리가 들려왔다.

파란 하늘이 점점 뿌옇게 보였다. 명신과 쇠냥의 외침이 먼 곳에서 들려오는 메아리처럼 은덕의 귓전을 울렸다.

그립고 보고픈 우리 언니,

언니, 그곳은 춥디 춥지.

매봉산 자락에 언니가 좋아하는 복수초가 피었어.

봄이 오긴 왔나 봐.

그날, 언니 혼자 두고 도망쳐서 미안해.

귓전을 울리는 총소리에 나도 모르게 도망치고 말았어.

끝까지 언니 옆에 있고 싶었는데…

못난 동생을 용서해 줘.

언니를 마지막으로 본 날 알았어.

일본은 언니를 포로의 모습으로 끌려가게 했지만 언니는 포로가 아니라 자유인이라는 것을.

모진 고문으로 고통의 나날을 보내고 있는 언니를 생각하면 가슴이

미어져.

어째서 우리에게 이런 서러운 날이 닥쳤을까.

언니가 끝까지 원수 왜에 굴복하지 않고, 용기를 잃지 않길 기도하고 있어.

내일 언니도 감옥에서 만세를 부른다고 들었어.

한 알의 밀이 땅에 떨어져 죽지 않으면 한 알 그대로 있고,

죽으면 많은 열매를 맺는다는 말씀을 읽었어.

언니, 나도 한 알의 밀알이 될 수 있을까?

내일 또 총소리에 무서워 도망치지 않게 기도해 줘.

언니가 그랬던 것처럼, 나도 당당하게 독립을 외치고 싶어.

고아 같은 내게 좋은 언니가 되어 줘서 고마워.

며칠 전 명신이 내게 무섭지 않은지 물었어.

언니가 했던 대답을 나도 똑같이 했어.

두렵지만, 행동하는 거라고.

언니, 우리 용기를 잃지 말자.

언니와 함께 사랑이 이기는, 독립의 그날을 꼭 보고 싶어.

언니가 별과 같이 빛나는 사람이 되길 간절히 기도하며.

그리움을 담아,

동생 은덕이가.

내가 진실로 진실로 너희에게 이르노니 한 알의 밀이
땅에 떨어져 죽지 아니하면 한 알 그대로 있고
죽으면 많은 열매를 맺느니라.(요한복음 12장 24절)

이 땅의 독립을 위해 한 알의 밀알이 된 모든 분께!

오
채

소난지도에서
제암리까지

:

정명섭

1. 1907년 8월 1일, 서소문 시위대 제1연대 1대대 병영

"참령님이 돌아가셨다!"

훈련원에 집결하라는 명령을 받고 병영을 나서려던 1대대 병사들에게 청천벽력 같은 소식이 전해졌다. 분위기가 뒤숭숭하던 차에 부관이 헐레벌떡 달려와서 외친 것이다. 주변에 있던 병사들이 홍원식을 바라봤다. 장교는 아니었지만 30살로 나이가 많은 편이라 따르는 병사들이 많았다. 어금니를 꽉 깨문 홍원식이 말했다.

"어서 무기고로 가지 않고 뭘 해!"

그 얘기를 들은 병사들이 함성을 지르며 연병장을 가로질러 무기고로 향했다. 7월 19일, 황제폐하가 일본에 의해 강제로 퇴위당했다는 소식을 들은 시위대 3대대 병사 일부가 병영을 뛰쳐나와 시위대와 합세해서 일본 경찰을 사살한 일이 있었다. 그 후, 통감부는 탄약을 모두 회수했고, 무기고도 친위대와 일본군이 함께 지키도록 했다. 이를 악문 병사들이 달려오는 걸 본 일본군 위병이 서둘러 소총을 겨눴다가 같이 근무를 서고 있던 시위대 병사의 발길질에 쓰러지고 말았다. 일본군 병사의 소총을 뺏은 홍원식이 무기고의 자물쇠를 개머리판으로 내리쳐 부줬다.

"시간 없어. 얼른 들어가서 챙겨!"

안으로 우르르 몰려 들어간 시위대 병사들이 소총과 탄약을 챙겼다. 무기고 입구에서 그 광경을 지켜보던 홍원식은 고향을 떠올렸다. 고향인 제암리를 마을 사람들은 두렁바위라고 불렀다. 청년시절 개울가에서 놀다가 행군하는 병사들을 보고 멋있다는 생각을 하면서 정신없이 쳐다봤다. 하지만 그 군인들이 우리 군대가 아니라 청나라와 싸우기 위해 북진하는 일본군이라는 사실을 깨닫고는 절망과 당혹감을 느꼈다.

'왜 우리 땅에서 일본과 청나라가 싸우는 겁니까?'

청년 홍원식의 물음에 어른들은 한숨을 쉬거나 하늘만 바라봤다. 청나라와 일본과의 전쟁이 끝난 후에 한성에서 참담한 소식이 들려왔는데 일본군이 궁궐에 침입해서 국모를 시해하고 시신을 불태워 버렸다는 것이다. 격분한 선비들이 격문을 뿌리고 의병을 일으켰다. 홍원식도 가담하려고 했지만 어머니가 뜯어말리는 바람에 포기하고 말았다.

"계란으로 바위 치기다. 나서지 마라."

"이런 치욕을 겪고도 그냥 참아야 합니까? 어머니!"

혈기왕성한 홍원식이 대들자 어머니가 한숨을 쉬면서 대답했다.

"그냥 싸우는 건 아무 의미가 없어. 실력이 있어야 싸울 수 있단다. 작년에 동학에서 들고 일어났다가 우금치에서 얼마나 많이 죽은 줄 아니?"

여성답지 않게 나랏일에 관심이 많았던 어머니의 말에 홍원식은 차마 대꾸를 하지 못했다. 봉기한 의병들은 얼마 후, 한성에서 내려온 일본군과 관군에게 패배했다. 의병들을 도와준 두렁바위 인근 마을들이 그들에 의해 불타 버렸다. 홍원식은 머리에 하얗게 재를 뒤집어쓴 채 도망처 온 피난민들을 보면서 주먹을 불끈 쥐었다. 학교를 마친 홍원식은 곧장 한성으로 올라가서 대한제국군에 입대하기로 했다. 떠나는 날, 마당에서 큰절을 올리는 그에게 어머니가 말했다.

"군인은 나라를 지키는 울타리라고 했다. 가서 울타리 역할을 잘해라. 그럼 이 어미는 여한이 없다."

생각에 잠겨 있던 홍원식은 마치 딱따구리가 쪼아 대는 것 같은 날카로운 기관총 소리에 퍼뜩 정신을 차렸다.

"일본군 38년식 기관총 소리잖아!"

연병장으로 향한 홍원식은 피범벅이 된 채 쓰러진 시위대 병사들의 모습을 봤다. 살아남은 병사들은 막사나 담장 아래 숨어 있었다.

중기관포를 찾던 홍원식의 눈에 숭례문 문루에서 번쩍거리는 불빛이 보였다.

"젠장!"

시위대 병영이 훤히 내려다보이는 숭례문에서 기관총을 쏘아 대는 이상 버티기가 쉽지 않았다. 고개를 든 시위대 병사 몇 명이 숭례문을 향해 응사를 했지만 중과부적이었다. 담장 아래 몸을 숨긴 채 상황을 파악하려던 홍원식에게 남상덕 참위가 외쳤다.

"기관총을 막을 수 있는 방법이 없겠나?"

연병장을 살펴보던 홍원식의 눈에 구석에 놓인 수레 몇 개가 보였다. 어제 병영으로 쌀을 운반했던 것인데 위에는 빈 가마니들이 쌓여 있었다.

"저걸 불태워서 연기를 내 보겠습니다. 엄호해 주십시오."

남상덕 참위가 마우저 권총을 난사하는 사이 홍원식은 병사들 몇 명과 함께 수레가 있는 쪽으로 뛰어갔다. 그리고 가마니에 불을 붙여서 연기를 피운 다음 연병장 가운데로 밀고 갔다. 가마니가 타면서 자욱한 연기를 내뿜으며 시야를 가리자 숭례문에 있는 38년식 기관총이 목표를 찾지 못하고 발사를 멈췄다. 한숨 돌린 홍원식의 눈에 남상덕 참위의 팔에 피가 흐르는게 보였다.

"참위님!"

놀란 홍원식의 말에 남상덕 참위가 얼굴을 찡그린 채 대답했다.

"괜찮네."

그때 병영의 정문 쪽에서 일본군의 모습이 보였다. 여기저기 숨어 있던 시위대 병사들의 총구가 일제히 불을 뿜자 선두에 선 장교와 병사들 몇 명이 피를 뿜으며 쓰러졌다. 나머지 일본군이 황급히 퇴각하자 시위대 병사들이 만세를 불렀다.

시위대 병사들은 병영을 공격하는 일본군의 공격을 몇 차례나 물리쳤다. 하지만 탄약이 떨어져 가고, 일본군의 증원이 계속되면서 점점 위기에 몰렸다. 팔은 물론 몇 군데 부상을 더 당한 남상덕 참위가 홍원식을 부른 것도 바로 그때였다. 거칠게 숨을 몰아쉬던 그가 말했다.

"아무래도 다음 공격은 막기 어려울 것 같네."

"그래도 항복할 수는 없습니다."

홍원식이 단호하게 말하자 남상덕 참위가 희미하게 웃었다.

"나 역시 같은 생각이야. 하지만 이대로 있다가는 몽땅 개죽음을 당하고 말거야. 나랑 장교들 몇 명이 막을 테니까 그 사이에 자네가 병사들을 이끌고 여길 빠져나가게."

"말도 안 됩니다. 저도 남겠습니다."

홍원식이 고개를 저으며 반발하자 그가 어깨에 손을 올리며 말했다.

"나는 대한제국 시위대 장교로서 죽겠네. 하지만 자네는 살아남아서 대한제국을 지켜 주게."

남상덕 참위의 얘기를 듣는 순간 홍원식은 어머니에게 들었던 울타리 얘기가 떠올랐다. 아랫입술을 질끈 깨문 홍원식에게 남상덕 참위가 말했다.

"어서 움직여. 내 마지막 명령이다."

"알겠습니다."

힘있게 경례를 한 홍원식이 움직일 수 있는 시위대 병사들에게 말했다.

"가자."

반쯤 무너진 무기고 뒤쪽의 담장을 넘어 병영을 빠져나온 홍원식과 시위대 병사들은 주민들의 도움을 받아 돈의문 밖으로 빠져나가는 데 성공했다. 안산 자락을 넘어가던 홍원식은 불길이 치솟는 시위대 병영을 바라보면서 눈물을 삼켰다.

2. 1908년 3월 15일, 소난지도

소난지도에서 바라보는 육지는 더 없이 고요하고 평화로워 보였다. 새벽이 지나고 아침에 해가 뜨자마자 소총을 매고 섬의 북쪽 언덕에 올라간 홍원식은 주변을 살폈다. 언덕 위에서는 주변이 한눈에 들어왔는데 남쪽에 있는 우무도의 오래된 암자인 보월암의 지붕이 햇살을 받아 반짝거렸다. 작년 한성에서 빠져나온 이후, 홍원식은 의병에 가담했다. 해산된 군대에서 총과 탄약을 들고 나온 홍원식 같은 군인들 덕분에 의병들의 기세는 많이 올랐다. 고향 근처인 당진으로 내려온 그는 독자적인 의병 부대를 구성해서 일대의 다른 의병장들과 연합작전을 펼치는 중이었다. 생각에 잠긴 채 보월암에서 눈을 돌려 육지를 바라보던 홍원식을 향해 산자락 아래에서 누군가 손을 흔들었다.

"대장님!"

홍원식이 아래를 내려다보자 두건을 맨 소년이 헐레벌떡 뛰어왔다. 소난지도 마을에 사는 조예원이라는 소년이었다. 홍원식 앞에 선 조예원이 호기심에 가득 찬 표정으로 물었다.

"며칠 전에 당진 읍내에서 왜놈 밀정을 처단하셨다면서요?"

"박사원이라는 놈이 우리 당진 의병들의 동태를 밀고하는 짓을 해서 주민들 앞에서 총살했단다."

"우와! 정말 대단해요."

"같은 조선 사람을 죽이는 것이 더없이 안타깝지만 나라를 찾기 위해서는 어쩔 수 없었지."

홍원식이 씁쓸한 표정으로 대답하자 조예원이 화제를 돌렸다.

"그나저나 이제 저도 의병으로 받아 주세요."

"올해 몇 살이지?"

"열여섯이요!"

"너무 어려."

"대장님. 저 배도 잘 몰고 힘도 세다고요."

조예원이 팔뚝을 걷어붙이고 알통을 보여 주면서 말하자 홍원식이 가볍게 웃었다.

"나라를 지키는 울타리가 되려면 힘이 센 것만 가지고는 안 된다."

"그럼요?"

"필요한 것들이 많아. 그러니까 조급하게 굴지 말고 기다려라."

홍원식이 사실상 거절을 하자 조예원이 입을 삐죽 내밀고 돌아섰다. 그런 조예원에게 홍원식이 물었다.

"어디로 가느냐?"

"도비도로 갑니다. 거기서 나무를 실어 올 게 있다고 해서요."

"잘 다녀오너라."

돌아선 조예원이 힘없이 고개를 끄덕거렸다. 그 모습을 보면서 예전의 자신을 떠올린 홍원식은 낮게 웃었다. 조예원이 선착장에서 나룻배를 타는 걸 지켜본 홍원식은 마을로 돌아갔다. 그가 모습을 드러내자 마을에 흩어져 있던 의병들이 하나둘씩 모여들었다. 홍원식은 그들 중에서 시위대 시절부터 함께했고, 의병에 합류한 이후에는 선봉장 역할을 하는 박원석을 불렀다.

"정주원 의병장으로부터는 연락이 없는가?"

"아직 없습니다."

얘기를 들은 홍원식은 잠시 고민하다가 입을 열었다.

"며칠만 더 기다려 보고 이동한다."

"이곳에 그냥 머물면서 활동하는 게 낫지 않겠습니까?"

박원석의 말에 홍원식은 고개를 저었다.

"여긴 육지에 너무 가까워. 그리고 오래 있었네."

"이곳만큼 근거지로 삼기 좋은 곳이 없습니다."

박원석의 말을 들으면서 홍원식은 아무 대답도 하지 않았다. 그역시 같은 마음이었기 때문이다. 당진 앞바다에 있는 소난지도는조선시대 조운선들이 한성으로 가다가 중간에 머물던 곳이었다. 근처에 물살이 세고 암초가 많아서 외지 배들이 접근하기 쉽지 않았고, 대난지도를 비롯해서 주변에 섬들이 많아서 유사시 이동하기쉬웠다. 무엇보다 배를 타면 당진이나 수원까지 금방 갔다 올 수 있기 때문에 며칠 전 박사원을 처형했을 때처럼 불시에 치고 빠지기쉬웠다. 육지에서 일본 순사들의 앞잡이 노릇을 하는 일진회와 순사보조원들의 눈을 피하기기 점점 어려워진 반면, 바다는 아직도의병들의 편이었다. 배를 타고 바다로 나가서 치고 빠지면 일본 순사들과 순사보조원들의 추격을 쉽사리 따돌릴 수 있었기 때문이다. 그래서 이곳 소난지도는 정미의병이 일어나기 전부터 근거지로사용되었다. 마을에 있는 의병들이 화승총을 비롯한 무기들을 들고 그의 앞에 섰다. 홍원식은 무기의 상태들을 확인하면서 뒤따르던 박원석에게 말했다.

"무기들 상태는 나쁘지 않은데 탄약이 부족하군."

"왜놈들이 작년에 총포와 화약을 단속해서 구하기가 쉽지 않습니다. 아무래도 정주원 의병대에 합류한 이후에나 보급이 가능할 것 같습니다."

박원석의 얘기를 들은 홍원식이 혀를 찼다.

"어쩔 수 없군."

"조만간 움직이실 겁니까?"

"화약만 보충되는 대로 싸우러 나가야지. 왜놈들이 자기 땅인 것처럼 활보하는 걸 두고 볼 수 없어."

"저도 같은 마음입니다."

"식사 마치고 병사들을 모으게. 조련을 게을리할 수 없지."

"알겠습니다. 식사 같이하시죠."

박원석의 말에 소총을 고쳐 맨 홍원식이 고개를 저었다.

"난 섬을 한 바퀴 둘러보겠네."

포구 쪽으로 향하던 홍원식은 다가오는 배 한 척을 봤다. 목재를 가득 실은 한선으로 뱃전에는 상투를 틀고 털조끼를 입은 조선인 선원들이 보였다. 예전만큼은 아니지만 소난지도에 머무는 배들이 있었기 때문에 딱히 수상한 모습은 아니었다. 하지만 선원들 모습이 어쩐지 부자연스러운 것이 눈에 띄었다. 포구로 향하던 발걸음을 멈춘 홍원식은 길옆의 나무 뒤에 숨어서 배를 살펴봤다. 포구에 배가 닿은 후에도 선원들은 내리지 않았다. 보통은 바로 내려서 허리를 펴고 한숨부터 쉬는 것에 비하면 이상한 일이었다. 잠시 후에 한 명이 혼자서 내렸는데 저고리에 바지 차림이었고, 발목에는 행전을 찼다. 어깨에는 보따리를 하나 걸쳤는데 몹시 어색한 것이 뱃사람 같지는 않았다. 직감적으로 정체를 깨달은 홍원식은 어깨에 매고 있던 무라타 소총을 겨눈 채 외쳤다.

"이봐! 멈춰!"

갑자기 들려온 소리에 선원은 움찔한 표정으로 그를 바라봤다. 홍원식이 다시 외쳤다.

"정체가 뭐야!"

"서, 선원입니다. 물을 구하러 들렀습니다."

선원이 우물쭈물하면서 대답하자 홍원식이 그와 배를 번갈아 가면서 바라봤다. 그리고 코웃음을 쳤다.

"물을 구하러 왔다면서 빈손으로 내려와?"

홍원식의 얘기를 들은 선원의 표정이 굳어졌다. 그러고는 재빨리 어깨에 매고 있던 보따리에서 뭔가를 꺼냈다. 지켜보던 홍원식이 재빨리 방아쇠를 당겼다. 요란한 총성과 함께 선원의 이마에서 피가 튀었다. 바닥에 쓰러진 선원이 손에서 놓친 것은 일본 순사들이 쓰던 남부 권총이었다. 쓰러진 선원이 비틀거리는 것을 보고는 숨통을 끊어 놓기 위해 겨눴지만 목재를 가득 실은 배 안에서 일본 순사들과 순사보조원들이 몸을 일으키는 것이 보였다. 검정색 제복을 입은 일본인 순사가 탁한 일본어로 조준이라고 외치는 소리를 들은 홍원식은 바로 옆에 있는 나무 뒤로 몸을 날렸다. 발사라는 일본어가 들리자마자 요란한 총성과 함께 부서진 나무 조각들이 어지럽게 튀었다. 나뭇가지에 앉아 있던 새들이 일제히 날아올라 갔다. 나무 뒤에 숨은 채 숨을 고른 홍원식은 노리쇠를 당겨서 탄피를 뽑고 새로운 탄환을 장전하면서 몸을 일으켰다.

"주도면밀하군."

순찰선을 이용했다면 대번에 눈에 띄었을 텐데 평범한 조선 배를 이용해서 섬에 접근하는 바람에 아무런 의심도 하지 않았다. 목재를 싣고 당진항에 입항한 배를 징발하고 선원들을 위협해서 이곳까지 오면서 정체를 감춘 것이다. 허점을 찔렸다는 생각에 자책감이 들었지만 일단 싸워야 할 때였다. 무라타 소총을 들어서 조준을 한 홍원식이 방아쇠를 당겼다. 뱃전에 탄환이 명중하면서 포구로 내리려고 하던 조선인 순사보조원이 황급히 나무 뒤로 몸을 숨겼다. 그러고는 몸을 숨긴 채 외쳤다.

"도적들은 무기를 버리고 항복하라! 그러면 선처해 주겠다."

"어림없는 소리! 왜놈 앞잡이 말을 내가 믿을 줄 아느냐!"

우렁찬 목소리로 맞받아친 홍원식이 탄환을 새로 장전하고 소총을 겨눴다. 하지만 배에서 내리는 일본 순사들의 숫자가 많아지자 마을로 몸을 피해야만 했다. 황급히 마을로 뛰어간 홍원식이 식사를 하고 있던 부하들에게 외쳤다.

"일본 놈들이다!"

이럴 때를 대비해서 훈련을 받은 부하들은 일사불란하게 흩어져서 민가 사이로 자리 잡았다. 일본군이나 순사들과 전투를 할 때는 유리한 상황에서 기습을 하지 않으면 잘 숨어서 버티면서 후퇴하는 수밖에는 없었다. 살아남아야만 계속 싸울 수 있다는 게 군대 해산 이후 의병에 투신한 그의 굳건한 신념이자 방식이었다.

잠시 후, 일단의 일본 순사들이 포구를 따라 마을로 접근했다. 홍원식은 부하들에게 외쳤다.

"기다려라! 가까이 올 때까지 발사하면 안 된다."

의병들이 주로 가지고 있는 화승총의 짧은 사거리와 부족한 탄약 때문에 최대한 끌어들여서 싸워야만 했다. 따라서 의병들의 첫 사격은 일본 순사들이 마을 어귀에 도달했을 즈음에야 시작되었다. 총성이 울리자 일본 순사들과 뒤따르던 조선인 순사보조원들은 허둥지둥 담벼락이나 나무 뒤에 숨었다. 부상을 입은 순사보조원이 질질 기어서 바위 뒤에 숨는 게 보였다. 숨을 곳을 찾은 일본 순사들의 반격이 이어지면서 마을과 포구는 총성과 연기로 가득 찼다. 적진을 이리저리 살피던 홍원식은 포구 쪽을 살펴보다가 외쳤다.

"배가 없어졌어."

"뭐라고요?"

무라타 소총을 한 발 발사하고 엎드린 박원석의 반문에 홍원식이 벌떡 일어났다.

"포구에 있던 놈들의 배가 사라졌어. 뒤로 돌아올 게 분명해!"

"그럼 어찌합니까?"

난감해하는 박원석에게 홍원식이 말했다.

"넌 여기서 저들을 막아! 내가 막으러 가겠다."

"몸조심하십시오."

부하 몇 명을 데리고 북쪽 산등성이로 올라간 홍원식의 눈에 아까 사라졌던 배가 보였다. 나무에 기댄 그가 첫 발을 날린 것을 시작으로 부하들이 화승총을 쏘아 댔다. 하지만 배에 쌓아 둔 나무 뒤에 숨은 탓에 명중시킬 수가 없었다.

"염병할!"

배가 다가오면서 날아드는 총탄의 숫자가 늘어났다. 해산된 대한제국군이 총과 탄약을 가지고 가담했다고는 하지만 아직도 의병들의 주 무기는 여전히 화승총이었다. 일본 순사들이 무장한 무라타 단발총이나 30년식 소총의 빠른 발사속도와 명중률에는 한참 못 미쳤다. 나무 뒤에서 응사하던 부하 하나가 화승총에 화약을 붓다가 총탄에 맞고 쓰러졌다. 더 이상 견디기가 어렵게 된 홍원식이 명령을 내렸다.

"후퇴! 마을로 간다."

마을에서도 한창 격전이 이어졌다. 부하들이 잘 은폐해서 사격을 하면서 일본 순사들은 포구에서 벗어나지 못했다. 그가 다가가자 박원석이 다급한 표정으로 말했다.

"화약이 다 떨어져 갑니다."

"얼마나 남았지?"

"한 명당 서너 발이 고작입니다."

"일단 북쪽 언덕으로 대피한다. 뒤쪽으로도 왜놈들이 상륙했어."

"알겠습니다."

몸을 일으킨 박원석이 부하들에게 퇴각하라는 명령을 내렸다. 마을 여기저기에는 일본 순사들이 쏜 총에 맞은 부하 20여 명이 피를 흘린 채 쓰러져 있었다.

북쪽 언덕으로 퇴각한 홍원식과 부하들은 바위틈에 있는 동굴로 피신했다. 유사시 피신할 곳으로 정해 놓은 곳으로 다행히 화약과 탄환을 보관하고 있어서 그나마 보충할 수 있었다. 그사이, 일본 순사들과 조선인 순사보조원들은 마을을 샅샅이 뒤지는 중이었다. 바깥을 살피던 박원석이 홍원식에게 말했다.

"이곳도 곧 들킬 것 같습니다."

"배를 타고 빠져나가는 수밖에는 없어."

포구에는 의병활동을 할 때 쓰는 일본 배 한 척과 조선 배 한 척이 나란히 정박된 상태였다. 하지만 박원석이 고개를 저었다.

"마을에서 포구가 바로 보이고 있어서 위험합니다."

"내가 일부 병력을 데리고 동쪽으로 유인하겠다. 그사이에 자네가 부하들을 데리고 탈출해."

"유인은 제가 하겠습니다. 대장님이 후퇴하십시오."

박원석의 말에 홍원식이 고개를 저었다.

"명령이다. 여기 있다가 포구로 가서 배를 타고 가서 정주원 의병대에 합류하라."

그사이, 일본 순사들이 동굴이 있는 쪽으로 접근해 왔다. 박원석의 어깨를 지그시 누르면서 믿는다는 눈빛을 보낸 홍원식이 부하들을 바라봤다.

"1대는 나를 따르고 2대는 선봉장을 따라 여기 대기한다."

부하들이 움직이는 것을 본 홍원식이 조심스럽게 동굴 밖으로 나갔다. 그리고 바위틈에 엎드려 있다가 선두에서 다가오는 일본 순사를 겨눴다. 심상찮은 분위기를 느꼈는지 고개를 이리저리 돌리던 일본 순사가 홍원식과 눈이 마주쳤다. 숨을 고른 그가 방아쇠를 당기자 아랫배를 움켜쥔 일본 순사가 꼬꾸라졌다. 뒤따르던 일본 순사들이 이리저리 흩어지는 사이, 홍원식은 괴성을 지르며 뛰쳐나가서 유인했다. 홍원식은 쫓아오는 일본 순사들과 총격전을 벌이면서 동쪽 해안으로 유인했다. 몇 명의 부하들이 총에 맞아 쓰러졌고, 홍원식 역시 팔에 총탄이 스치는 부상을 당하고 말았다. 겨우 동쪽 해안까지 유인하는데 성공한 홍원식은 포구 쪽을 바라봤다. 두 척의 배 중에서 조선 배 한 척이 보이지 않았다. 성공했다는 생각에 안도의 한숨을 쉬는 순간, 어디선가 날아온 총탄에 머리를 맞았다. 충격을 받은 그는 총을 놓치고 말았다. 피가 쏟아지는 머리를 감싸 쥔 채 쓰러지지 않기 위해 비틀거리던 홍원식의 눈에 일본 순사들과 순사보조원들이 쏜 총탄에 맞아 피를 토하며 쓰러지는 부하늘이 보였다. 분통함과 안타까움에 눈물을 흘리던 홍원식은 총을 겨누고 다가오는 조선인 순사보조원을 봤다. 손을 들라는 손짓을 본 홍원식이 외쳤다.

"내가 너희들에게 항복할 것 같으냐!"

피를 한 움큼 토한 홍원식은 비틀거리며 절벽 쪽으로 다가가서 바다로 몸을 던졌다. 작년 시위대 해산에 맞서 싸웠을 때의 기억이 잠깐 떠올랐다가 사라졌다.

"대장님! 정신 좀 차려 봐요."

희미한 울음소리와 함께 들려오는 목소리에 홍원식은 겨우 눈을 떴다. 눈에 보이는 곳이 모두 어두워서 저승에 온 것 같았지만 그 옆에 조예원의 얼굴이 보이자 차츰 정신이 들었다. 별이 총총히 빛나는 것으로 봐서는 한밤중인 것 같았다. 그가 눈을 뜬 기미를 보이자 조예원이 훌쩍거리면서 물었다.

"괜찮으세요?"

"여기 어디냐?"

"절벽 아래입니다."

고개를 살짝 돌리자 아까 뛰어내린 절벽이 보였다. 조예원이 절벽 중간을 손가락으로 가르치면서 말했다.

"저기 절벽 중턱에 있는 나무에 걸렸다가 떨어져서 크게 안 다치신 모양입니다."

홍원식은 조예원의 얘기를 들으면서 손으로 총에 맞은 머리를 만져 봤다. 관통한 게 아니라 살가죽을 찢을 정도로 스쳐 지나간 것이다. 덕분에 피를 많이 흘리기는 했지만 치명상은 아니었다. 어처구니없이 살아난 그는 밤하늘을 올려다보면서 중얼거렸다.

"이것도 운명인가 보군."

"그러게요. 정말 천운입니다. 대장님."

조예원의 부축을 받으며 몸을 일으킨 홍원식은 고개를 저었다.

"부하들 수십 명이 죽고 나 혼자 살아남았는데 운이 좋다니."

"그래도 살아남아야지 뜻을 이룰 수 있지요."

"죽은 부하들은 어찌 되었느냐?"

"왜놈들이 떠나고 마을 사람들이 수습해서 언덕에 묻었어요. 박원석 선봉장도 같이 묻히셨습니다."

"뭐라고?"

놀란 홍원식의 반문에 조예원이 더듬거리며 대답했다.

"마을 어르신 말로는 포구에서 의병들이 배를 타고 빠져나갈 수 있게 버티다가 왜놈들이 쏜 총탄에 맞고 돌아가셨답니다."

홍원식은 안타까움에 아무 말도 못 하고 눈물만 흘렸다. 그런 홍원식에게 조예원이 말했다.

"제 배로 어서 여길 떠나야 합니다. 왜놈들이 언제 또 들이닥칠지 몰라요."

"부하들을 잃고 무슨 면목으로 살아간단 말이냐. 그냥 놔두어라."

충격을 받아서 체념한 그에게 조예원이 소리쳤다.

"저에게 나라를 지키는 울타리가 되기 위해서는 많은 게 필요하다고 하셨잖아요. 거기에는 인내심이랑 참을성 같은 건 없나요?"

울림이 있는 조예원의 말에 홍원식은 밤하늘의 별을 바라봤다. 어린 시절 지나가는 일본군을 보고 조국을 지키는 군인이 되겠다고 맹세를 했고, 이후에는 의병이 되어서 싸웠다. 아직 끝이 나지 않았다는 생각에 홍원식은 힘을 내기로 했다. 그의 표정이 바뀐 것을 본 조예원이 얼른 부축했다.

"그래, 끝까지 싸워 보마."

3. 1919년 4월 1일 무봉산

소난지도에서 죽다 살아난 홍원식은 일본군의 남한대토벌작전으로 의병들이 전멸당하는 것을 지켜봐야만 했다. 군대와 헌병, 순사들이 동원되고, 바다를 무대로 삼은 의병들을 토벌하기 위해 수뢰정까지 동원하는 치밀함에 의병들은 속수무책으로 전멸당했고, 그들을 도와줬다는 명목으로 마을들이 쑥대밭이 되는 일이 비일비재했다. 포로가 된 의병들은 쇠고랑을 차고 도로를 만드는 일에 강제로 동원되었다. 토벌의 열풍이 지나간 이후 의병들은 사라졌다. 낙담한 홍원식은 고향인 두렁바위로 돌아왔다. 그사이, 부모님은 모두 세상을 떠났고, 없었던 교회당이 들어섰다. 포기할 수 없었던 그는 구국동지회라는 단체를 은밀히 만들고 동지들을 규합했다. 가장 먼저 가입한 사람이 바로 안종후였다. 그리고 올 초, 세상을 떠난 황제의 인산일에 참석하러 경성에 올라갔던 그가 놀랄 만한 소식을 가지고 돌아왔다.

"3월 1일날 경성의 파고다 공원에서 사람들이 독립선언서를 낭독하고 만세 시위를 벌였네."

분위기가 심상치 않다는 소식은 들었지만 시위가 벌어진 줄은 꿈에도 몰랐던 홍원식의 물음에 안종후가 고개를 절레절레 저었다.

"말도 마시게. 내 평생 그렇게 많은 사람들을 본 적이 없었어. 파고다 공원은 물론이고 바깥의 길거리까지 꽉 찼다 이 말이야."

안종후의 얘기를 듣기 위해 교회당에 모인 사람들은 감격에 찬 표정으로 서로를 바라봤다.

"왜놈들은 가만있었습니까?"

홍원식의 물음에 안종후가 씩 웃었다.

"모여서 만세를 부르는 사람들이 한둘이었어야지. 구름처럼 몰려서 만세를 부르는데 북한산이 무너지는 줄 알았네."

"사람들이 파고다 공원 밖으로 나갔습니까?"

"나가다 뿐인가! 광화문 앞 육조거리를 가득 메웠어. 그러다가 아무것도 모르는 왜놈 관리가 인력거를 타고 지나가다가 딱 걸렸지 뭔가. 그래서 사람들이 내리게 해서 만세를 부르라고 호통을 쳤다네."

"그자는 어떻게 했습니까?"

"별수 있겠어. 모자를 벗고 만세를 불렀지. 그 정도로 시위의 위세가 대단했다네. 학생들이 앞장을 섰고, 사람들이 뒤를 따랐는데 만세 소리가 파도치듯 이어졌지. 뒤늦게 왜놈들이 정신을 차리고 총칼을 휘둘러서 진압을 하면서 죽고 다친 이들이 많았네."

"시위는 그날로 끝이었습니까?"

"천만에, 다음 날도 종로 일대에서 크게 시위가 있었지. 그 다음 날은 황제폐하의 인산일이라 그냥 넘어갔지만 그 다음 날에도 남대문역에서 학생이랑 주민들 만여 명이 모여서 만세를 우렁차게 불렀다네."

안종후에게 경성에서 일어난 3.1 만세 운동 소식을 들은 홍원식이 주먹을 불끈 쥔 채 말했다.

"경성이 저렇게 들고 일어났는데 우리가 가만있을 수는 없습니다."

"이미 수원에서는 16일부터 수원역과 서장대, 종로 일대에서 수백 명씩 모여서 만세 시위를 벌이는 중일세. 그뿐인가? 기생들도 거리에 나가 만세를 부르고 있어."

안종후의 얘기를 들은 참석자 중 한 명이 걱정스러운 표정으로 말했다.

"뜻은 알겠는데 사람들을 모으는 게 쉽지 않겠습니다. 장날 모일 때 시위를 하면 좋을 것 같은데 왜놈들이 가만있겠습니까?"

다들 고민에 빠져 있는 가운데 홍원식이 무릎을 쳤다.

"좋은 방법이 있습니다."

"뭔가?"

"봉화를 올리는 겁니다."

"그걸 올린다고?"

벌떡 일어선 홍원식이 안종후와 참석자들에게 말했다.

"근처 마을에 사람을 보내서 만세 시위를 할 것이니 생각이 있으면 전날 산에 올라서 봉화를 올리라고 하는 겁니다."

"옳거니, 그러면 다들 참여할지 안 할지를 바로 알 수 있겠군."

"바로 사람들을 보냅시다."

사람들이 너도 나도 일어나는 걸 본 홍원식과 안종후는 서로의 얼굴을 보면서 활짝 웃었다.

한 무리의 사람들이 어둠을 헤치고 산속을 걸었다. 손에 횃불을 들고 있었지만 불을 켜지는 않았고, 아무도 입을 열지 않았다. 구불구불한 산길을 따라 한참을 올라가자 바위들 사이로 정상이 나왔다. 수십 명은 너끈히 자리 잡을 수 있는 곳이라 올라간 사람들 모두 정상에 설 수 있었다. 여기저기 흩어져서 쉬고 있는 와중에 홍원식은 고향인 제암리에서 처음으로 하느님을 믿고 교회당을 세운 안종후에게 다가갔다. 바위에 걸터앉아 있던 안종후가 홍원식을 바라봤다.

"다른 곳들이 과연 호응을 해 줄까요?"

그의 물음에 안종후는 가볍게 웃으며 대답했다.

"안 되면 우리끼리라도 해야지요."

"계란으로 바위를 치는 꼴이라고 얘기하는 사람들이 있어서 말이죠."

"그래서 겁이 나십니까?"

안종후의 물음에 홍원식은 고개를 돌려 산 아래를 내려다봤다. 죽을 고비를 넘기고 돌아온 고향은 어릴 때 봤던 풍경과 하나도 다를 게 없었다. 야트막하고 구불구불한 산자락과 거기에 살짝 걸쳐져서 지어진 초가집의 지붕은 놀랍도록 닮았다. 비록 신작로가 깔리고 열차가 다닌다고 해도 농부의 굵은 주름살을 닮은 길도 여전했다. 그곳에 사는 사람들도 나이만 먹었을 뿐 그대로였다. 바뀐 건 오직 하나, 일본이 이 땅을 집어삼켰다는 것이다. 곳곳에 주재소가 세워지고, 일본인들이 자기 땅인 것처럼 어깨를 펴고 다녔다. 대대로 농사를 지은 농토를 일본인들이 멋대로 측량하고 등록한 땅을 눈뜨고 빼앗기는 일이 벌어졌다. 그렇게 빼앗긴 땅은 일본인들이 헐값에 사들여서 원래 주인이었던 사람에게 소작을 줬다. 눈 뜨고 볼 수 없는 일들이 매일 아무렇지도 않게 펼쳐지는 것이 일본이 주인이 된 이 땅에서 벌어지는 비극이었다. 저항하면 끌려가서 짐승처럼 매질을 당했다. 이번에 경성을 시작으로 대대적인 만세 시위가 일어난 것은 결코 우연이 아니었다. 십여 년의 세월 동안 탄압과 착취를 당한 조선 사람들의 울분이 폭발해 버린 것이다. 홍원식은 소난지도에서 살아난 이후 처음으로 희망을 품었다. 다른 지역에서 호응을 해 줄지 안 해 줄지 모르지만 두렁바위 사람들만으로도 부족하지 않다고 생각했다. 이런 저런 생각에 잠겨 있던 그에게 안종후가 말했다.

"시간이 되었으니까 횃불을 드시지요."

"알겠습니다."

홍원식은 성냥을 당겨서 가져온 횃불에 붙였다. 잘 마른 나무에 송진을 듬뿍 바른 탓에 횃불은 금방 불이 붙었다. 다른 사람들이 들고 온 횃불에 불을 나눠 준 홍원식이 바위 위에 올라갔다. 희미한 달빛 아래 구불구불한 산자락들이 보였다. 연락을 받은 다른 마을에서는 모두 동참하겠다는 얘기가 나왔지만 실제로 약속을 지킬지는 몰랐다. 며칠 전 사강리에서 농민들이 모여서 시위를 벌이다가 일본 순사 한 명이 죽고 다른 한 명은 크게 다치는 일이 벌어졌다. 화성 지역이 만세 시위가 유독 격렬했던 것은 기독교와 천도교를 믿는 사람들이 많아서 단결이 잘되었고, 이런저런 잡역에 시달리면서 불만이 큰 상태였기 때문이다. 아울러 염전과 광산이 많았는데 그곳에서 일하는 사람들 중 상당수가 예전에 홍원식처럼 의병 활동을 했던 경험자들이라서 그런 것 같았다. 바다를 메우는 간척을 비롯해서 도로를 놓는 공사들이 많았는데 일본인 감독관들과 조선인 일꾼들 사이에서 임금과 체벌 문제를 놓고 갈등이 컸던 것도 한몫한 것으로 보였다. 이런저런 생각에 잠긴 채 횃불을 들고 있던 그에게 안종후가 말했다.

"저기, 횃불이 올라왔네."

맞은편 산꼭대기에서 횃불이 보였다. 그걸 시작으로 개죽산 주변의 산들에서 하나씩 불꽃이 피어났다. 그가 감격에 찬 목소리로 횃불이 올라온 산의 이름을 외쳤다.

"조암리 쌍봉산! 팔탄면 천덕산! 향남면 당재봉! 장안면 무봉산! 어은리 남산! 우정면 보금산! 운평리 신성재! 매향리 망원대까지 횃불이 다 올랐습니다."

무봉산에 오른 사람들도 감격했는지 함성을 지르면서 서로 끌어안았다.

이틀 후인 4월 3일, 한 무리의 주민들이 밀양산에 모였다가 장안면 사무소로 출발했다. 횃불을 든 마을의 주민들이 모두 이곳에 모여서 만세 시위를 벌이기로 했다. 홍원식과 안종우는 태극기가 그려진 띠를 두른 채 선두에 섰다. 처음에는 수십 명에 불과했던 행렬은 차츰 수백 명으로 불어났다. 두렁바위 마을뿐만 아니라 화수리와 수촌리 주민들까지 가세한 탓이다. 선두에 선 홍원식은 있는 힘껏 소리쳤다.

"대한 독립 만세!"

"왜놈들은 이 땅에서 물러나라!"

홍원식의 선창에 주민들이 한 목소리로 호응했다. 면사무소로 행진하기로 한 것도 주민들의 불만을 고려한 것이었다. 토지 조사 문제나 수리조합 문제로 인해서 면사무소에 대해서 다들 질색했기 때문이다. 홍원식이 이끄는 시위대가 도착했을 무렵에는 벌써 다른 지역에서 온 주민들이 면사무소를 빼곡하게 둘러싼 상태였다. 하나같이 흥분한 얼굴로 몽둥이와 돌을 들고 있었다. 먼저 안으로 들어간 장안면 주민들이 면장인 김현묵을 끌고 나왔다. 먹살이 잡힌 채 끌려 나온 김현묵은 주변을 둘러싼 주민들의 살기등등한 표정을 보고 아무 말도 못 했다. 주민들 중 한 명이 만세를 부르라고 채근하자 얼굴을 찡그린 채 두 손을 어설프게 들고 외쳤다.

"마, 만세! 대한 독립 만세!"

밉살스럽게 굴었던 면장인 김현묵이 어거지로 만세를 부르는 시늉을 하자 주민들은 통쾌해했다. 김현묵을 내팽개친 주민들이 면사무소 안으로 몰려 들어갔다. 홍원식도 안으로 들어가서 몽둥이로 책상과 의자를 부수고, 여기저기 불을 놨다. 불길은 삽시간에 면사무소를 집어삼켰고, 도끼로 전신선까지 끊어 버린 주민들은 만세를 부르면서 기쁨의 춤을 췄다. 홍원식은 그런 주민들에게 외쳤다.

"여러분! 이제 쌍봉산에 가서 만세를 부르고 우정면으로 갑시다!"

"옳소! 갑시다!"

주민들이 한 목소리로 호응하면서 쌍봉산으로 향했다. 그곳에서 소식을 듣고 몰려온 인근 지역의 주민들까지 가세하면서 숫자가 더

불어났다. 흥분한 안종후가 홍원식에게 말했다.

"천 명, 아니 천오백 명은 될 것 같아."

며칠 동안 동네 주민들의 이불에서 뜯은 천에 그려서 만든 태극기들이 주민들에게 나눠졌다. 만세 소리가 그치질 않는 와중에 홍원식이 주민들에게 말했다.

"이제 왜놈들이 들을 수 있게 다들 힘껏 만세를 부르면서 우정면으로 갑시다."

흥분한 주민들이 태극기를 흔들면서 우정면으로 향했다. 길가에는 봄을 알리는 모란꽃과 금낭화, 씀바귀꽃이 알록달록하게 피었다. 소식을 듣고 나온 주민들이 만세를 부르면서 기다리고 있다가 속속 합류했다.

우정 면사무소는 텅 비어 있었다. 문을 부수고 안으로 들어간 안종후가 텅 빈 면사무소를 훑어보면서 홍원식에게 말했다.

"면장과 서기들이 소식을 듣고 도망친 것 같군."

"겁쟁이들 같으니, 왜놈들이 지켜 주지 못하니까 꽁무니를 뺐나 보군요."

다 때려 부수라는 외침과 함께 주민들이 몽둥이를 휘둘러서 면사무소 안을 부순 다음에 불을 놨다. 치솟는 불길과 함께 만세 소리가 더욱 커져 갔다. 그 광경을 본 홍원식은 쌓였던 울분이 풀리는 기분을 느꼈다. 불길이 삽시간에 면사무소를 휩쓸면서 주민들은 만세를 불렀다. 그 광경을 보고 있던 홍원식에게 안종후가 물었다.

"이렇게 해서 독립이 될까?"

"총을 가지고 싸웠을 때도 버티던 놈들입니다. 만세 몇 번 불렀다고 포기하지는 않겠죠."

안종후가 활활 타오르는 불길과 환호성을 지르며 태극기를 흔드는 주민들을 보면서 흐릿하게 물었다.

"그럼 우리는 쓸데없는 짓을 하고 있는 것인가?"

"적어도 왜놈들에게 우리가 순순히 지배를 받지 않겠다는 것을 알려 줄 수 있다면 그걸로 충분합니다."

두 사람이 얘기를 주고받는 사이 밖에서 총성이 들렸다. 밖으로 나와 두리번거리던 홍원식이 외쳤다.

"화수리 주재소 쪽 같습니다."

"가 보세."

홍원식과 안종후가 화수리 주재소 쪽으로 향하자 주민들도 뒤를 따라갔다. 산자락에 있는 작은 화수리 주재소 역시 수십 명의 주민들에게 포위된 상태였다. 가까이 다가가자 주민들이 술렁거리면서 한 곳을 바라봤다. 거기에는 주민 한 명이 피를 흘리고 쓰러져 있었다. 놀란 홍원식이 다가가서 상태를 살펴봤다. 가슴에 명중했는지 흰 옷이 온통 피범벅이었고, 숨도 쉬지 않고 있었다. 어쩔 줄 몰라하는 그에게 화수리 주민들을 대표하는 차희식이 말했다.

"천단 순사 짓이네."

"그자가 특별히 악독한 놈입니까?"

"겨울에 집집마다 다니면서 감시하다가 꼬투리를 잡으면 도박을 했다는 죄목으로 끌고 가서 매질을 했다네. 나도 몇 년 전에 끌려가서 태형을 선고받았다가 실형을 몇 달 살고 나왔지."

격분한 차희식의 말이 채 끝나기도 전에 총소리가 연달아 들렸다. 그리고 주재소의 뒤쪽 창문이 부서지면서 순사복을 입은 일본인 한 명이 빠져나오는 게 보였다. 그를 본 주민들이 손가락질을 하면서 욕설을 퍼붓자 뒤도 돌아보지 않고 산으로 도망쳤다. 그러자 차희식을 비롯해서 쌓인 게 많았던 화수리 주민들이 앞장서서 쫓아갔다. 걱정이 된 홍원식도 주민들을 따라갔다. 야트막한 산속으로 도망치던 일본인 순사는 쫓아오는 주민들에게 권총을 쏴 댔다. 그 바람에 화수리 주민들 몇 명이 쓰러졌지만 결국 산중턱에서 따라잡히고 말았다. 나무뿌리에 걸려서 쓰러진 그가 둘러싼 주민들을 향해 권총을 겨눴다. 그걸 본 홍원식이 재빨리 달려가서 팔을 걷어찼다. 권총을 떨어뜨린 일본인 순사는 살기등등한 주민들을 향해 두 손을 싹싹 빌면서 서툰 조선말로 애원했다.

"사, 살려 주세요."

화수리 주민들의 대답은 주먹과 발길질이었다. 홍원식은 일본인 순사의 비명 소리를 들으면서 산에서 내려왔다. 산자락에 있던 화수리 주재소는 벌써 불길에 휩싸여서 주저앉아 버리고 말았다. 홍분한 주민들의 만세 소리가 불길과 함께 하늘을 향해 넘실거렸다.

4. 1919년 4월 15일 제암리

그들이 제암리에 나타나자 동네 사람들이 불안감에 수군거렸다. 수촌리 쪽에서 총소리와 함께 연기가 치솟았기 때문이다. 화성군에서 일어난 만세 시위 때 일본 순사만 둘이나 죽었고, 주재소와 면사무소는 물론이고 일본인 학교와 상점들도 공격을 받고 불타 버리면서 보복에 나선다는 소문이 돌았기 때문이다. 그래서 화수리와 수촌리 주민들 중 만세 시위에 참가한 사람들은 짐을 싸서 바닷가로 피신한 상태였다. 텅 빈 마을에 들이닥친 일본군은 집집마다 불을 지르고 남아 있는 사람들을 끌고 가서 혹독하게 고문을 가했다. 남은 사람들이 고초를 겪고 있다는 소식을 듣고 돌아온 수촌리 주민들은 발안 주재소로 끌려가서 구타와 매질을 당했다. 수촌리에는 다시 일본군이 들이닥쳐서 남은 집들을 태워 버리는 만행을 저질렀다. 화수리 마을 역시 같은 일을 겪어서 제암리 사람들도 불안해했다. 대청에 서서 수촌리 방향을 바라보던 홍원식은 착잡함과 분노를 느꼈다.

"빼앗긴 나라를 되찾겠다고 나섰을 뿐인데…."

소리를 듣고 마당에 나간 아내 김씨가 아들 순언이의 손을 잡은 채 남편인 홍원식을 돌아봤다.

"여보…."

"그 사건 때문인 것 같네."

홍원식은 대청에 서서 길게 한숨을 쉬었다.

"참으로 지독한 놈들이군."

구부러진 장승이 있는 고갯길을 넘어온 일본군이 제암리에 들이 닥치더니 마을 여기저기로 흩어졌다. 홍원식의 집에도 소총을 맨 일본군과 조선인 통역이 들이닥쳤다. 일본군과 속닥거리던 통역이 말했다.

"43세 홍원식이 누구냐!"

대청에 서 있던 그가 말없이 바라보자 일본군들이 다짜고짜 달려와서 양쪽 팔을 잡았다.

"대체 무슨 짓이냐!"

홍원식이 거칠게 항의하자 조선인 통역이 대답했다.

"아리타 도시오 중위가 마을 사람들에게 사과를 하기 위해서 교회당으로 모이라고 하셨다."

"사과라니?"

"폭동 진압과정에서 너무 심하게 군 것을 사과하기 위해서요. 얼른 끝낼 테니까 잠자코 따라오시오."

일본군에게 끌려 나가던 홍원식은 부엌 입구에 서 있던 부인 김 씨와 아들이 놀란 눈으로 바라보자 안심하라는 표정으로 말했다.

"별일이야 있겠소. 다녀오리다."

교회당에는 홍원식처럼 일본군에게 끌려온 마을 사람들이 모여 있었다. 그는 모인 사람들이 대략 10대 중반 이상의 남성들인 것을 깨닫고는 불안감을 느꼈다. 일본군들이 끌려온 마을 사람들을 교회 안으로 몰아넣었다. 안에는 홍원식처럼 끌려온 제암리 주민 20여 명이 웅성거리고 있었다. 홍원식은 그중에서 같이 만세 운동을 했던 권사 안종후에게 다가갔다. 불안한 표정으로 서성거리던 안종후도 홍원식을 보고는 표정이 풀렸다.

"사과를 한다고 해서 왔는데 무슨 속셈일까요?"

"그러게 말입니다."

둘이 얘기를 나누는데 갑자기 거칠게 문이 닫히는 소리가 들렸다. 그리고 밖에서 일본어로 뭔가 외치는 소리가 들렸다. 13년 전, 그가 소난지도에서 들었던 것과 똑같은 말이었다.

"しょうじゅん! (조준)"

놀란 마을 주민들이 굳게 닫힌 문 대신 창문으로 나가려고 했다. 하지만 창문 역시 널빤지로 못질을 해 놓은 상태라 나갈 수가 없었다. 다들 살려 달라고 아우성을 치는 가운데 요란한 총성이 들렸다. 억지로 문을 열려고 하던 마을 사람 중 한 명이 갑자기 쏟아지는 총탄에 맞고 풀썩 쓰러지고 말았다. 문을 뚫고 날아온 총탄이 벽에 걸린 십자가에 맞았다. 놀란 사람들이 납작 엎드려서 오들오들 떨었다. 그들 사이에서 자세를 바짝 낮추고 있던 홍원식은 기름 냄새를 맡았다. 저들이 뭘 하려는지 깨닫고는 이를 갈았다.

"나쁜 놈들 같으니!"

잠시 후, 못질을 한 창문 사이로 불길이 넘실거리며 들어왔다. 밖으로 나가려고 문을 두드리던 마을 사람들은 콜록거리면서 물러나서 십자가 아래 모였다. 가족들의 이름을 부르며 울먹거리는 사람들 사이에서 홍원식은 여러 번 죽을 위기를 넘겼던 지나온 삶을 돌이켜 봤다.

"이제 끝이군."

쓸쓸한 표정으로 중얼거린 홍원식의 귀에 일본어가 들렸다.

"はっしゃ! (발사!)"

쇠망치로 가슴을 얻어맞은 것 같은 충격을 받고 바닥에 쓰러진 홍원식의 눈에 일렁거리는 불길이 보였다. 빼앗긴 조국을 되찾지 못한 것은 아쉬웠지만 의병이 되어서 일본군과 싸워 보고, 만세도 실컷 불렀으니 여한이 없다는 생각을 하면서 그는 조용히 눈을 감았다.

화성 지역에 감행된 일본의 보복은 끔찍하고 가혹했다. 328채의 가옥이 불에 탔고, 442명이 검거되었으며 약 47명이 목숨을 잃었다. 그중 제암리에서만 약 30여 명이 학살당하고 교회당과 가옥들이 잿더미가 되었다. 일본은 우발적인 사건이라고 축소하면서 학살을 저지른 아리타 도시오 중위를 가볍게 처벌했다. 학살이 저질러졌던 제암리 교회에는 현재 제암리 3.1운동 순국 기념관이 건립되어 있다.

남겨진 기록에 의하면 그는 1907년 군대 해산 때 싸우다 목숨을 잃을
뻔했고, 1908년 소난지도에서는 총에 맞고 절벽에 떨어졌다가 목숨을
건졌습니다. 그리고 고향으로 돌아와서 3.1 만세 운동에 가담했다가 제
암리 학살 사건의 피해자로 세상을 떠나게 됩니다. 무엇이 그를 저항하
게 만들었을까요? 특히 국가권력에 대한 도전은 목숨을 걸어야 할 때
도 많았습니다. 그럼에도 불구하고 많은 사람들이 저항을 해서 왕정과
식민 지배를 무너뜨렸고, 선거권과 주권을 쟁취했습니다. 그리고 현재
를 살아가는 우리들은 그 혜택을 고스란히 받고 있습니다. 그래서 저는
현재는 과거에 빚을 지고 있다고 말합니다. 특히 홍원식같이 끝까지 저
항했던 분들에게 말이죠. 그래서 우리는 기억해야만 합니다.

정
명
섭

늙은 아비 혼자 두고
영영 어디 갔느냐
......

박정애

짱다루와 구팡, 첸진 그리고 얼굴만 아는 사내아이들 서넛이 운동장에서 공을 차고 있다. 능이의 신발 앞코가 제풀에 운동장을 향한다.

아, 저기 한몫 끼고 싶은데….

길성이 능이의 손목을 홱 낚아챈다.

"아버지 말씀 잊지 마라."

능이가 입술을 삐죽거리며 안 따라가려고 발꿈치에 힘을 준다. 길성이 이를 사리물고 눈씨를 키워 아우를 흘긴다.

"저녁밥 안 먹을 거야?"

"쳇."

능이를 으르거나 달랠 때 길성은 밥 얘기를 한다. 밥 안 줄 거라고 하면 능이도 고집을 꺾지 않을 수 없다.

한글 교실 난안南岸반은 오누이가 다니는 중국인 소학교의 교실

한 칸을 빌린 것이고 일요일에만 열린다. 투차오土橋에는 삼일三—유치원이 있어 거기 사는 조선 아이들은 유치원 때부터 한글을 배운다는데 난안에는 그런 곳이 없다.

낡고 비좁은 교실에 빼곡하니 모여 앉은 아이들 얼굴에 짜증이 그득하다. 다들 능이처럼 눅눅하나마 바람 부는 운동장으로 당장이라도 뛰쳐나가고 싶은 눈치다.

길성의 얼굴도 그다지 밝지 않다. 길성이라고 공부하랴 집안일하랴 쉴 시간이 없는데 일요일까지 교실에 잡혀 있고 싶을까. 요즘 길성은 시간만 나면 자투리 옷감을 모아 복주머니며 손수건이며 댕기며 뚝딱뚝딱 만들어 내는 바느질을 한다. 길성에게는 그게 능이의 공놀이만큼 재미있다.

"저기, 아버지가, 이번에 충청에서 돌아오시면 한글 시험을 보신댔어. 시험 제대로 못 보면 종아리 맞을 거래."

길성이 아우뿐 아니라 제 마음을 다잡고자 없는 말을 지어 낸다. 능이도 누나 말이 거짓말이라는 걸 안다.

아버지는 집에 와도 아이들 공부를 봐줄 시간이 없다. 충청에서 싸 들고 온 서류를 붙들고 씨름하고 밀린 빨래를 하고 삐걱거리는 의자나 침대를 수리하고 아이들이 한 달 먹고살 장을 봐야 한다. 그리고 설사 시험을 본들 아버지가 오누이 몸에 매를 댈까.

아까는 치사하게 밥 안 줄 거라고 으르더니 이젠 거짓말까지? 쳇, 내가 이놈의 한글 공부를 하나 봐라. 다 누나 때문이야.

능이는 괜스레 어깃장을 놓고 싶어 손에 쥔 연필을 부러뜨리는 시늉을 한다.

그때 남자 어른이 교실 문을 열어젖힌다. 이 더위에 양복을 말끔히 차려입은 그는, 오누이가 사는 쑨자화위안孫家花園 양팡즈洋房子의 뒷집에 사는 윤기섭 선생이다.

"반갑소."

그가 교탁을 두 손으로 잡고 상체를 앞으로 쑥 내밀고선 학생 하나하나와 눈을 맞춘다.

"아는 얼굴이 더 많소만, 그래도 내 소개를 해야겠지. 나는 오늘부터 여러분에게 한글을 가르칠 윤기섭이라 하오. 자, 내 이름을 써 볼 테니 똑똑히 보시오."

선생이 분필을 들고 칠판에 한자로 尹, 琦, 燮을 쓴다.

"읽어 보오."

"인시지엔."

아이들이 중국말처럼 가락을 넣어 읽는다.

선생이 한자 바로 밑에다 윤, 기, 섭, 세 글자를 써 넣는다. 그리고 尹과 윤을, 琦와 기를, 燮과 섭을 연결하여 동그라미를 그리며 학생들에게 한글 발음을 따라 하게 한다. 아이들이 킥킥거린다. 발음이 우선 귀에 선 데다 왠지 웃겨서다.

선생은 아이들을 야단치지 않는다. 일요일에 학교에 나와 이렇게 교실 의자에 앉아 있어 주는 것만 해도 짜장 기특하기 짝이 없다는 눈빛이다.

선생의 눈길이 길성에게 가 닿는다.

"길성이는 한글로 이름 쓸 줄 아니?"

길성이 고개를 떨어뜨린다. 선생이 기다리는데, 길성은 입술만 대고 달싹거린다. 성질 급한 능이가 손을 번쩍 든다.

"우리 누나 한글 몰라요. 저도 한글 몰라요."

선생이 길성과 능이를 바라보며 눈을 끔벅끔벅하더니 분필을 든다.

"너희…, 이 노래는 알 텐데? 오늘은 노래로 한글을 배워 볼까."

나의 사랑 클레멘타인

넓고 넓은 바닷가에 오막살이 집 한 채, 고기 잡는 아버지와 철모르는 딸 있네

내 사랑아 내 사랑아 나의 사랑 클레멘타인, 늙은 아비 혼자 두고 영영 어디 갔느냐

바람 부는 마른날에 아버지를 찾아서, 바닷가에 나가더니 해가 져도 안 오네

내 사랑아 내 사랑아 나의 사랑 클레멘타인, 늙은 아비 혼자 두고 영영 어디 갔느냐

선생이 등을 보이고 판서하는 동안, 아이들은 때를 만난 듯 떠든다. 모두 중국말을 쓴다. 중국말은 굳이 생각을 안 해도 술술 나오지만, 떠듬떠듬이라도 조선말을 하려면 이 더위에 열이 나도록 머리를 굴려야 하는 아이들이다.

선생이 분필을 놓고 돌아선다.

"이 노래는 원래 미국 것인데, 삼일운동 이후에 우리나라에 들어왔다오. 한번 불러 보면 알겠지만 노랫말이 나라 잃은 우리 겨레의 마음을 울린다오. 다 같이 불러 봅시다."

아이들이 고개를 젓는다.

"모르는 노래인걸요?"

"어디선가 들어 봤을 게요. 내가 먼저 불러 볼 테니 따라 해 보오."

선생이 큼큼 목청을 다듬고는 노래를 시작한다.

정말로 귀에 익은 멜로디다. 길성의 머릿속에 불현듯 몇 년 전 어느 해질녘의 추억이 떠오른다. 그날 그때처럼 길성의 가슴이 뭉클 아파 온다.

하루 종일 쑨자화위안 흙바닥을 헤맨 날이었다. 집에서 생쌀을 씹는 것보다는 넓디넓은 과수원을 쏘다니며 과일을 주워 먹는 게 나았다. 어른 주먹만 한 복숭아, 아이 주먹만 한 무화과, 자잘한 금귤이나 용안(龍眼) 같은 게 발에 채였다. 나무를 타고 올라가 과일을 따 먹을 때도 있었지만, 떨어진 과일을 주워 먹을 때가 더 많았다. 어쩌다 중국인 주인에게 들켜도 어린애들이 낙과를 주워 먹었다고 하면 문제 삼지 않았다.

일곱 살 맏딸에게 다섯 살 아우를 맡긴 아버지도 그 드넓은 과수원을 신주단지 믿듯 믿었다. 오누이에게 아무 음식이나 막 먹지 말고 배고프면 차라리 과일을 먹으라고 신신당부하곤 했다. 난안 선착장에서 배를 타고 충칭 시내까지 가려면 꼬박 하루가 걸렸기 때문에 아버지는 한 번 출근하면 며칠이 걸리든 맡은 임무를 마무리해야만 돌아오곤 했다. 그렇다고 덥고 습한 날씨에 먹을거리를 많이 사서 쟁여 둘 수도 없었다. 배를 곯아서가 아니라 상한 음식을 잘못 먹어서 죽는 아이들이 워낙 많았다. 아이들은 아버지가 사 둔, 어린애 머리통보다 큰 따빙大餅을 일주일이면 다 먹어치웠다. 쌀독에 쌀은 있었지만 밥을 해 먹을 수 없어서 생쌀을 씹어 먹었다. 그리고 하루 종일 과수원을 뒤졌다. 집을 나설 때는 아버지도 한 열흘 뒤엔 귀가할 수 있을 줄 알았을 테다. 하지만 임시정부 일이라는 게 아버지 마음처럼 맺고 끊게 되질 않았다. 한 달 가까이 아버지 얼굴을 보지 못하면 아이들은 아이들대로 눈이 퀭했고 아버지는 아버지대로 아이들 걱정에 속이 썩어 들어갔다.

그날은 아버지가 집 떠난 지 한 달이 되는 날이었을까, 한 달도 넘은 날이었을까. 여하튼 오누이는 아버지가 보고파 죽을 지경이었다. 보고픈 마음이 시나브로 커지다 못해 뺑 터질 것 같았다. 그래서 그런지 온갖 과일을 주워 먹고 따 먹고 닥치는 대로 먹었는데도 도무지 허기가 가시지 않았다. 삭힌 오리 알이나 볶은 땅콩, 삶은 고구마를 얻어먹을 수 있을까 싶어 이웃한 김규식 박사님 댁을 뻔질나게 기웃거렸지만 박사님도 박사 아주머니도 보이지 않았다. 그래 박사 아주머니가 가꾸는 텃밭에서 고구마 두 개를 캐어 흙만 닦아 내고 먹어치우기도 했다.

능이는, 아버지 언제 와?, 라고 길성에게 백 번도 넘게 물었다. 길성이 화를 내도 조금 있다가 또 물었다. 마침내 길성이 능이 손을 잡고서 강변에 나가 보자고 했다.

해 뜨고부터 그때껏 집 밖을 싸돌아다닌 아이들이라 강변에 도착하고 보니 다리가 무척 아팠다. 선착장으로 가는 방향은 알았지만 붉누르게 물든 하늘과 강물을 보니 기가 꺾였다.

누나 손을 뿌리치기 일쑤인 능이가 겁이 났는지 길성의 손을 찾았다. 길성이 능이 손을 아프도록 꼭 쥐었다.

"조금만 쉬었다가 집 가자."

"그래."

오누이는 드넓은 모래사장에 주저앉았다. 하늘은 아득했고 강물은 도도했다. 가만히 바라보고 있으면 강물을 따라 오누이도 어딘가로 흘러갈 것만 같았다.

강물에 몸을 싣고 흐르고 또 흐르다 보면 세상의 끝이 나올까. 거기선 죽은 사람들도 다시 만날 수 있는 걸까.

아버지 언제 와, 대신에 어머니 보고 싶다, 란 말이 능이의 입 밖으로 튀어나왔다. 평소 같았으면 어머니 얘기는 하지 말라고 타박했을 길성이 한숨을 토했다.

"나도…. 나도 어머니 보고 싶어."

능이가 강물에서 눈길을 돌렸다. 노을빛이 내려앉은 강물은 너무 아름다워 되레 아찔했다.

"누나. 이제 그만 집 가자."

"응."

길성과 능이는 일어나 엉덩이에 묻은 모래를 털었다. 그리고 너더댓 발짝이나 걸었나, 멀지 않은 바위에서 들려온 노랫소리가 오누이의 발길을 잡았다.

길성의 귀에 들어 온 노랫말은 '늙은 아비 혼자 두고'와 '영영 어디 갔느냐'였다. '영영'이 '영이는'으로 들렸다.

길성의 볼에서 눈물이 방울져 떨어졌다.

"영이 보고 싶다. 영이가 살아 있음 정말로 신경질 한 번도 안 내고 업어 줄 수 있는데."

"오줌 싸고 똥 싸도?"

"응. 아무리 많이 싸도."

능이는 똥오줌 범벅이던 영이 기저귀만 생각났다. 얼굴은 떠오르지 않았다. 다행히 어머니 얼굴은 아버지가 어머니 사진을 확대하여 벽에 붙여 놓은 덕에 매일 볼 수 있다. 영이는 사진 한 장 남기지 않고 어머니를 따라갔다.

"영이야. 언니가 미안해. 포대기에 똥 쌌다고 꼬집고 너 때문에 못 논다고 신경질 부리고 했던 거, 전부 미안해."

길성이 고개를 젖히고 하늘을 향해 울음 가득한 목소리로 용서를 빌었다.

능이도 주먹으로 눈물을 훔쳤다. 누나처럼 영이한테 미안해서라 기보다 죽은 영이를 앞두고 창자가 찢어지는 듯 괴로워하던 아버지 모습이 떠올라서였다. 어머니 장례 때는 어른들이 많이 오고 북적북 적해서 어떻게 치렀는지 기억도 나지 않는데, 두 살배기 영이가 죽었을 때 아버지가 슬퍼하던 모습만은 어제 일처럼 생생히 떠올랐다.

아버지 언제 와.

능이가 입속으로 강물을 향해 대답 없는 질문을 던졌다.

바윗돌에 앉아 노래를 부른 사람은 뒷집 아저씨였다. 오누이를 발견한 아저씨가 손짓으로 오누이를 불렀다.

"예서 뭐 하니?"

길성이 큰 잘못이라도 저지른 양 고개를 숙이고 답했다.

"아버지 기다려요."

"아이고 얘들아. 기다린다고 아버지가 오시겠니? 이러다 캄캄해지면 위험하다. 어서 돌아가자."

아저씨는 오누이를 데리고 자기 집으로 가서 저녁밥을 먹였다. 식은 밥에 된장국, 김치밖에 없는 밥상이었지만 오누이는 그릇이 반짝반짝하도록 싹 비웠다.

숭늉까지 마신 능이가 아저씨를 졸랐다.

"아저씨, 아까 그 노래요. 그 노래, 또 불러 줘요."

아저씨는 밥상을 치우는 아내의 눈치를 보다 일어섰다.

"이 아이들, 집에 데려다주고 오리다."

아내가 작은 목소리로 군말을 했다.

"코앞에 있는 데를…."

아저씨는 오누이 손을 잡고 쏜자화위안을 느릿느릿 산책하며 노래를 불러 주었다. 검푸른 하늘에 흰 반달이 걸려 있던 여름밤이었다.

한글 학교 아이들이 다 함께 '나의 사랑 클레멘타인' 노래를 부른다. 능이도 제 딴에는 열심히 부른다. 길성은 노래를 부르는 척 입만 벙긋벙긋한다. 아버지가 그 노래를 부르던 모습이 떠올라 목이 메어 왔기 때문이다.

아버지는 결국 왔다. 오누이는 아버지 양팔을 하나씩 차지하고 떨어지지 않으려 했다. 욕심껏 아버지 품을 파고들고 뺨을 비볐다. 텁텁한 담배 냄새가 나도 따끔따끔한 턱수염에 쓸려도 아무렇지 않았다. 아버지도 오누이를 쓰다듬고 주무르고 끌어안았다.

"살아 있었구나, 내 새끼들."

아버지가 차려 준 저녁밥을 먹고도 오누이는 아버지 주변에서 떨어지지 않았다. 능이가 아기원숭이처럼 아버지 등을 타고 오르락내리락하다가 문득 노래를 했다.

"내 사랑아 내 사랑아 나의 사랑 클레멘타인, 늙은 아비 혼자 두고 영영 어디 갔느냐."

능이는 '늙은 아비 혼자 두고 영영 어디 갔느냐'를 여러 번 되풀이했다.

아들을 물끄러미 바라보던 아버지가 물었다.

"그 노래는 언제 배웠니?"

길성은 왠지 뒤가 켕겼다. 아우를 돌볼 책임이 있는 제가 다저녁 때 아우를 데리고 강변에서 어슬렁거렸다는 실토는 하기 싫었다. 길성이 아우보다 먼저 입을 열었다.

"뒷집 윤 선생님이 부르는 노래를 듣고 배웠어요."

딱히 거짓말은 아니었기에 능이도 토를 달지 않았다.

"강변에 갔더랬니?"

길성이 자라목을 하고 고개를 끄덕였다. 아버지가 길성을 불러 왼무릎에 앉히고 말했다.

"너희끼리 강변에는 가지 마라."

"예."

"강물은 늘 두려워해야 한단다."

"예."

아버지 말이 끝나기 무섭게 길성이 수긍하자, 아버지가 혼잣말하듯 중얼거렸다.

"윤 선생님이 큰딸 생각을 하셨나 보다. 큰딸이 급류에 휩쓸려 잘 못됐거든. 중국 애들 해코지를 피하다가 그만…."

아버지가 길성의 머리를 다정스레 쓸어 넘겨 주자, 샘이 난 능이가 다가와 아버지의 오른무릎을 차지했다.

"중국 아이들이 무슨 해코지를 했는데요?"

"너희, 중국 아이들한테 가오리(高麗, 코리아) 왕거누(亡國奴, 나라가 망하여 침략자에게 예속되어 있는 국민)란 말, 들어 봤니?"

"네."

오누이가 동시에 대답했다.

"무슨 뜻인지 아니?"

이번엔 능이가 빨랐다.

"몰라요. 근데 기분 나빠요. 때려 주고 싶어요."

길성이도 질세라 대답했다.

"어머니가 그런 아이들은 무조건 피하라고 하셨어요."

가오리 왕거누에 대해 할 말이 많은 듯했던 아버지가 별안간 두 아이를 으스러져라 끌어안으면서 말했다.

"그래, 그래. 무조건 피하는 게 상책이야. 너희가 그런 말 안 듣고 사는 세상을 어서 만들어야 할 텐데…."

길성은 강변에 간 일로 아버지한테 혼나지 않은 게 좋아서 마음이 풀렸다. 아우와 함께 목청을 높여 그 노래를 불렀다. 노랫말이다 생각나지 않아, '늙은 아비 혼자 두고 영영 어디 갔느냐'만 몇 번이고 반복했다.

다음 날 아침밥을 차려 먹자마자, 아버지는 빨랫감을 바구니에 담아 창장長江에 나갔다. 아버지는 오랫동안 빨래를 했고 오누이는 아버지 옆에서 모래 놀이를 했다.

길성은 놀이에 홀딱 빠져 있다가 어느 순간 아버지가 흥얼거리는 노랫가락을 들었다. 늙은 아비 혼자 두고 영영 어디 갔느냐. 흘낏 보니 아버지의 콧잔등과 턱에 눈물방울이 걸려 있었다. 길성은 자기도 모르게 슬쩍 엉덩이 위치를 옮겨 능이가 아버지를 못 보게 했다.

빨래를 다한 아버지는 창장의 물에 세수를 하고 허리를 폈다. 소쿠리를 든 행상들이 오면가면 아버지를 괴롭혔다. 어떤 이는 월병을 내밀었고 어떤 이는 고량주를 들이밀었다. 아버지가 주머닛돈을 털어 산 것은 고량주 한 잔이었다. 병아리 눈물만 한 그 잔술을 아버지는 한 번에 털어 마셨다. 그러고도 두어 번 더 빈 잔을 목구멍에 대고 털었다. 행상이 재빨리 말린 두부 안주를 아버지 코앞에 갖다 바쳤다. 아버지는 두부값을 묻고는 침만 꿀꺽 삼키고 손사래를 쳤다. 나중에 커서 돈을 벌면 아버지에게 술은 병째, 두부는 소쿠리째로 사 드리겠다고 길성은 속다짐을 했다.

"선생님, 능이가 울어요."

목이 메어 노래도 못 부른 길성이 깜짝 놀라 고개를 능이 쪽으로 돌린다. 손가락으로 능이를 가리키는 아이는 중팡즈中房子에 사는 윤복이다.

"우리 마음속에는 심금이라는 게 있소. 퉁기면 울리는 가야금 비슷한 것이오. 능이의 마음속 가야금이 울렸나 보오."

윤기섭 선생이 알 듯 모를 듯한 얘기를 한다.

"우리 아버지도 창장에서 고기를 잡았으면 좋겠어요. 그러면 충칭으로 안 가도 되잖아요."

능이가 울먹이며 하는 말을, 길성은 곧바로 이해한다. 길성도 숱하게 그런 생각을 했기 때문이다. 특히나 고아원에 맡겨졌던 그날에는.

철이 일찍 든 덕에 징징거리거나 떼 부릴 줄을 모르던 길성이지만 그날만은 아버지에게 매달렸다.

"싫어요, 아버지. 제가 능이 잘 돌볼게요. 다시는 능이 데리고 강변에 안 나갈게요. 밥하는 것도 배울게요. 빨래도 제가 할게요. 다 잘할 수 있어요, 아버지. 고아원, 싫어요. 쑨자화위안에서 살게 해주세요."

하지만 아버지는 결심을 돌이키지 않았다.

그날따라 아침 밥상이 유별나게 푸짐하다고 생각했더랬다. 튀긴 오리고기도 있었고 만두도 있었다. 오누이는 정신없이 배를 채웠다. 아버지는 속이 좋지 않다면서 쌀죽 그릇에만 숟가락을 댔다.

아버지가 아이들에게 전날 창장에서 빨아 말려 놓은 옷을 입혀 주었다. 맛있는 음식을 배불리 먹은 데다 햇볕 냄새가 나는 바삭한 옷을 입은 오누이는 날아갈 듯 기분이 좋았다. 양쪽에서 아버지 손을 잡고 폴짝폴짝 뛰며 걸어갔다. 창장 하류 쪽으로 소풍을 가나 보다 했다.

아버지는 내내 말이 없었다. 능이가 아무리 웃기는 말을 하고 까불어도 웃지 않았다.

아버지가 걸음을 멈춘 곳은 중국인이 운영하는 고아원이었다.

"길성아. 능이야. 여기 있으면 배곯을 일은 없을 거다. 독충에 물릴 일도 없고 급류에 휩쓸릴 일도 없을 게다. 아버지가 데리러 올 때까지 원장님 말씀 잘 듣고 몸 건강히 있어야 한다."

길성이 통곡하며 아버지에게 엉겨 붙자 아버지는 능이까지 합세할까 봐 선수를 쳤다.

"능이는 사나이니까 누나처럼 울지 않을 거지?"

사나이라는 말에 넘어간 능이가 막 나오려던 울음을 깨물었다.

"길성아. 아버지는⋯ 너희도 영이처럼 잘못될까 봐⋯ 아버지를 이해해 다오."

길성이 아버지를 이해할 수는 없었다. 길성은 다만 강변에서 빨래를 하다 '늙은 아비 혼자 두고 영영 어디 갔느냐'를 부를 때 아버지의 콧잔등과 턱에서 후두두 떨어지던 눈물방울을 떠올렸다.

그렇게 두 해를 고아원에서 보냈다. 배를 곯지는 않았지만 오누이는 고아원 생활이 끔찍했다. 지켜야 할 규칙이 너무 많았고 하나라도 어기면 심한 체벌을 받아야 했다. 오누이는 거칠 것 없던 쑨자화위안의 자유와 아버지의 정이 그리워 죽을 것 같았다. 두 해 만에 아버지가 찾아왔을 때 오누이는 아버지를 놓아 주지 않았다.

길성과 능이는 쑨자화위안으로 돌아와 중국인 소학교에 나란히 입학했다. 아버지는 여전히 한 달에 한 번씩밖에 집에 오지 못하지만, 이제는 길성이 밥도 할 줄 알고 살림을 챙길 수 있어 옛날보다는 형편이 낫다.

"요즘도 중국 아이들이 여러분을 가오리 왕거누라고 놀리오?"

"못된 녀석들 몇 명만 그래요. 친한 아이들은 안 그래요."

"그 말을 들으면 기분이 어떠하오?"

"피가 막 거꾸로 솟는 것 같아요."

윤기섭이 허리를 곧추세우고 목소리를 높인다.

"나 역시, 여러분과 똑같이 피가 거꾸로 솟고 능이 아버지도 그러하오. 그것이 우리가 창장에서 고기를 잡으며 살 수 없는 까닭이오."

윤기섭이 노랫말의 주요 낱말에 동그라미를 치며 말한다.

"우리가 일요일에 구태여 한글 교실을 여는 까닭이 무엇인가. 이제 곧 일제가 패망하고 조국으로 돌아갈 텐데 우리가 우리말을 못 하고 우리글을 못 읽으면 부끄럽지 않겠소? 여러분 나이에는 공부하는 것도 독립운동이오. 촌음을 아끼며 공부합시다."

아이들 눈빛에서 졸음이 사라진다. 입때껏 구석에서 떠들던 아이도 입을 다문다.

"공책에 이것들을 적어 보오."

길성이 팔꿈치로 공책을 누르며 곁눈으로 능이를 살핀다. 능이가 연필을 바로 쥐고 공책을 펼친다.

대한민국임시정부기념사업회 부회장 김정륙 선생의 회고록을 참고하여 쓴 작품입니다. 선생의 아버지는, 임시정부 문화부장과 반민특위 위원장을 역임한 독립운동가 김상덕입니다.

『김상덕 평전』(김삼웅, 책보세, 2011)을 보면, 김상덕은 1919년 일본 도쿄에서 2.8독립선언에 참여해 옥살이를 하고 중국으로 망명하였습니다. 고향에서 기약 없는 시집살이를 하던 부인 강태정은 남편을 찾아 중국으로 갔습니다. 10년 만에 다시 만난 부부는 지린吉林에서 첫딸을 낳고 지명을 따서 '길성吉城'이라 불렀습니다. 이후 난징으로 옮겨 아들과 딸을 더 낳았는데, 아들에게는 난징의 옛이름 진링金陵에서 한 글자를 따 '능陵'이라는 이름을 지어 주었습니다(귀국한 뒤 '정륙正陸'으로 개명합니다).

1937년 일본의 침공으로 난징이 점령당하자 김상덕의 가족은 임시정부를 따라 충칭重慶으로 갔습니다. 어린 오누이에다 갓난쟁이 막내딸까지 세 아이를 데리고 떠난 험하고 고된 피난길에서 강태정은 병을 얻었습니다. 강태정이 끝내 세상을 등지고 젖먹이 막내마저 어머니를 뒤따르자, 김상덕은 위의 두 아이를 2년 동안 중국인이 운영하는 고아원에 맡기고 독립운동을 계속했습니다.

오늘의 시각으로 봤을 때 김상덕은 나쁜 아버지입니다. 자식들한테서 두고두고 원망을 들어도 싸지요.

김정륙 선생의 회고에 기대어 저는 그날의 시각으로 보려 애썼습니다. 아내를 잃고… 연이어 막내딸을 잃고… 행여 남은 두 아이까지 잃을까, 애간장이 녹는 아버지, 눈에 넣어도 아프지 않은 오누이에게 '가오리 왕거누'의 치욕만은 결단코 물려주지 않으려는 아버지의 어금니 악문 마음이 느껴지더군요. 그 마음이 독자 여러분께도 가 닿았으면 좋겠습니다.

박정애

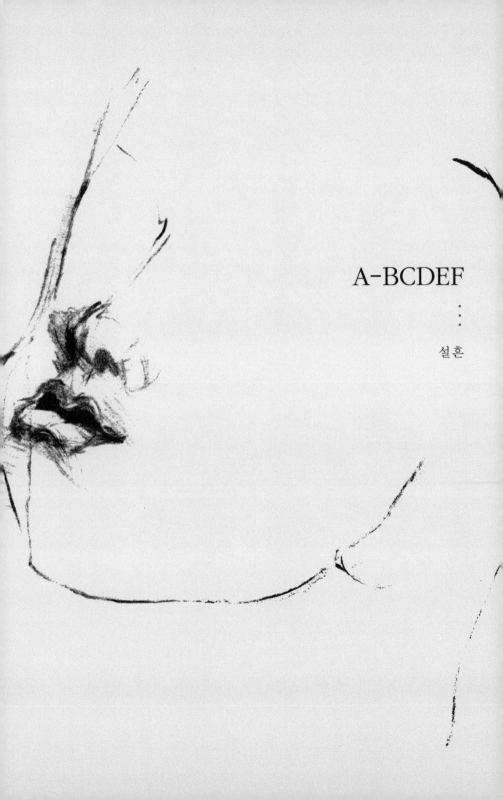

A-BCDEF

⋮

설흔

1장. 기록

A19-01

종로서 형사 신승희가 찾아왔다. 광무태황제[1]가 새벽 여섯 시경 승하했다고 한다. 매일신문 호외는 위독한 상태라고 전한다. 일의 전말을 정확히 알 수가 없다.

'주께서 우리가 기다리지 아니하던 무서운 일들을 행하시고 강림하시매 산들이 주 앞에서 흘러내렸나이다.'[2]

A19-02

총독부에서 황제의 승하 소식을 공식적으로 발표했다. 사인은 뇌

---

1. 고종
2. 이사야서 64장 3절(킹 제임스 흠정역)

일혈이었다. 나는 1883년 봄에 황제를 처음 만났다. 푸트 주한 미국 공사의 통역관으로 일할 때였다. 곤룡포를 입고 익선관을 쓴 황제의 용모는 출중했다. 한 나라를 이끌기에 부족함이 전혀 없어 보였다. 이후의 역사는 내 생각이 틀렸음을 입증했다. 개인적인 매력과 공인으로서의 신망은 별개였다. 온갖 오욕을 겪은 황제는 이제 다시는 돌아올 수 없는 곳으로 떠났다.

조선인들은 큰 충격을 받은 모양이다. 구십 퍼센트의 감성과 십 퍼센트의 이성으로 이루어진 민족답다. 황제의 죽음을 계기로 그동안에 쌓였던 불만을 한꺼번에 터뜨릴 모양이다. 그들 또한 나와 같은 시대를 살았으니 황제의 통치가 어리석음과 실수로 점철되었다는 사실은 잘 알고 있을 것이다. 그럼에도 황제의 죽음에 미친개처럼 날뛰고 흥분하는 건 그 죽음이 조선의 소멸을 상징적으로 보여 준다고 생각하기 때문이다. 황제를 위해 한 방울의 눈물을, 조선인들을 위해 두 방울의 눈물을 흘린다.

황제가 스스로 목숨을 끊었다는 소문이 있다. 왕세자와 나시모토 공주의 혼례[3] 때문에 속이 많이 상했다는 것이다. 말도 안 되는 헛소리다. 이미 여러 차례 굴욕을 당하고도 꿋꿋하게 잘도 견뎌 냈던 황제가 아니었던가? 이제 와서 자결을 택한다는 건 도무지 말이 안 된다. 황제 정도의 식견이면 왕세자와 일본 공주의 결혼이 양국

---

3. 영친왕(이은)과 나시모토 마사코(이방자)의 혼례는 1919년 1월 25일에 열릴 예정이었다. 고종의 승하로 1920년 4월 28일로 연기되었다.

간의 우호를 비약적으로 증진시키는 계기가 된다는 사실을 몰랐을 리 없다. 투박하고 무지한 조선 여인에 비해 훨씬 더 우아하고 재능이 뛰어난 일본 며느리를 맞이한다는 건 분명 황제에게 큰 기쁨이었을 것이다.

사소하면서도 의미심장한 사실 하나. 일본인들은 그동안 이조의 전 왕실에 대해 예의를 갖춰 왔다고 주장해 왔다. 동의한다. 몰락한 왕조가 이토록 극진한 대우를 받은 경우는 동서고금 어디에서도 찾아볼 수 없다.

B19-01

아빠는 오늘은 무척 슬픈 날이라고 했습니다. 나는 아빠에게 황제는 훌륭한 사람이었느냐고 물었습니다. 아빠는 말없이 고개만 저었습니다.

A19-03

최남선 군이 찾아와 유럽행을 권했다. 파리 강화 회의에 참석해 조선인들이 일본인들의 통치를 달갑게 여기지 않는다는 사실을 만방에 알려야 한다고 주장했다. 그가 말하는 내내 속으로 분을 삭이느라 무척 힘이 들었다. 최 군 같은 특출 난 인재마저 평범한 조선인들이나 할 만한 어처구니없는 망상에 사로잡혀 있을 줄은 몰랐다. 더욱 유감인 건 최 군이 아직도 나에 대해 잘 모른다는 사실이다. 아쉽고 서운하나 지금은 때를 기다릴 수밖에 없다. 언젠가 최군에게 제대로 설명할 기회가 있을 것이다. 내 생각에 파리 강화 회의에 참석해서 얻을 것은 하나도 없다. 몇 가지 이유가 있다.

첫째, 합병 조약 후 일본의 유능한 행정은 조선의 무능한 정치를 완벽하게 대치했다. 그러한 인식을 뒤집으려면 조선의 현재 상황이 합병 전보다 악화되었다는 걸 증명해야만 한다. 그것은 현실적으로 불가능하다.

둘째, 일본 또한 자국의 생사가 걸린 문제인 만큼 조선의 독립을 두 눈 뜨고 멀뚱히 보고만 있을 리가 없다. 일본의 태도를 바꾸려면 미국이나 영국 같은 강대국이 개입해야 한다. 그들이 하찮은 조선을 위해 전쟁도 불사하겠다는 마음을 먹을 리가 없다.

셋째, 무력을 동원해 싸우지 않고 독립을 얻어 낸 사례는 역사서 어디에도 존재하지 않는다. 싸워 이길 수 없다면 독립을 외치는 건 쓸데없는 짓이다. 강해지는 게 불가능하다면 약자로 사는 법을 배워야 한다.

A19-04

이상재 선생이 사표를 냈다. 말리려고 했지만 이 선생의 태도는 완강했다. 하는 일도 없으면서 YMCA에서 주는 월급만 받아먹기가 부끄럽다고 했다. 또한 자신은 반일 분자로 의심을 받고 있기 때문에 조직을 위해서도 그만두는 편이 좋다고 덧붙였다. 이야기가 오가는 도중에 이 선생은 나에 대한 세간의 평이 그리 좋지 않다는 사실을 넌지시 비추었다. 조선의 실상을 알리기 위한 파리 강화 회의에 참석하지 않았기 때문이란다. 힘이 빠졌다. 정녕 조선인들 중 내 진심을 알아주는 이는 단 한 명도 없는 걸까? 이 사태를 냉정하게 바라볼 수 있는 현인은 어디에도 없는 걸까? 나는 아무 말도 하지 않았다.

B19-02

아빠는 밤이 깊어서야 집에 돌아왔습니다. 문소리에 잠에서 깬 나는 눈 비비고 일어나 아빠와 엄마 사이를 비집고 들어가 앉았습니다. 아빠는 우리 장남, 하고 웃더니 무슨 말인가를 더 하려다 말았습니다. 아빠는 내 머리를 움켜쥐듯 어루만지고는 엄마에게 일과를 보고했습니다. 아빠는 제중원 약방 주인 이갑성의 집을 방문했습니다. 아빠와 이갑성을 포함해 모두 여덟 명이 모였습니다. 회의의 주제는 독립운동이었습니다. 거사 날짜는 3월 1일이었고 방법은 비폭력 시위였습니다. 독립선언서를 작성하고 인쇄하고 배포하는 것, 태극기를 제작하고 배포하는 것, 각 지역의 지도자에게 사전에 계획을 알리고 필요한 물품을 전달하는 것 등이 논의되었습니다. 아빠는 이 모든 것이 비밀, 다른 사람들은 절대로 알아서는 안 되는 일이라고 말하며 다시 한 번 내 눈을 보았습니다. '장남이니까 믿고 말하는 거다!' 하는 분위기가 느껴져서 나도 모르게 고개를 크게 끄덕였습니다. 아, 그 순간 나를 보던 아빠의 얼굴은 얼마나 멋지던지요! 눈은 별처럼 반짝였고 눈썹은 숯처럼 두툼했고 입에는 북극의 빙산조차 녹일 온화한 웃음이 떠나지 않았습니다. 아빠는 정말 몸과 마음 모두가 큰 거인이었습니다.

A19-05

신승희에게서 여자고보 학생들이 황제의 장례식 도중에 시위를 할 계획을 갖고 있다는 말을 들었다. 한숨이 저절로 나왔다. 나라의 장래를 책임져야 할 이 순진하고 어여쁜 아이들을 뒤에서 조종하는 질 나쁜 인간들은 도대체 누구인가?

B19-03

집으로 돌아온 아빠의 얼굴이 피곤해 보였습니다. 거인의 풍모가 사라진 자리에 진갈색 그늘이 자리 잡았습니다. 아빠는 엄마의 손을 꼭 잡고 조용한 목소리로 말했습니다. 이틀 후 조선을 떠나야 한다고, 기차를 타고 국경을 넘어 만주로 가야 한다고 했습니다. 그곳에서 사람을 만나 다시 상하이로 이동해야 한다는 것이었습니다. 아빠는 전 세계의 애국자와 망명자 들이 모이는 곳이 바로 상하이라고 했습니다. 동양의 파리 상하이에서라면 우리 민족의 미래를 위해 머릿속으로만 그리던 온갖 꿈같은 일들을 실행에 옮길 수가 있다고 했습니다. 아빠는 엄마와 나를 번갈아 보며 조금은 머쓱

한 표정으로 빙긋 웃었습니다. 우리도 함께 가는 거냐고 묻고 싶었습니다. 묻지 않았습니다. 묻지 않아도 답을 알 것 같았습니다.

A19-06

기독교학생동맹 기도회가 YMCA회관 대강당에서 열렸다. 천 명이 훨씬 넘는 사람들이 모였는데 대부분은 청년이나 학생 들이었다. 도쿄 YMCA에서 온 피셔 씨가 강연을 했고 내가 통역을 맡았다. 도쿄 유학생들이 독립선언서를 발표한 지 얼마 지나지 않은 터라[4] 모두들 정치와 관련된 이야기를 듣고 싶어 했다. 강당 내 열기가 어찌나 뜨거운지 작은 불씨 하나만 던져 주면 활활 타오를 기세였다. 신중한 피셔 씨는 시국과 관련된 이야기는 일절 꺼내지 않았다. 피셔 씨의 강연이 끝난 후 나는 청중들에게 보충 강연을 했다. 사람은 영혼의 안식, 두뇌 교육, 신체 운동, 의복의 편안함, 이 네 가지에 유념해야 한다고 말했다.

앞의 세 가지와 격이 맞지 않는 것처럼 보이는 마지막 항목을 넣은 이유가 있다. 종교와 도덕은 민족의 영혼이고, 지식은 민족의 두뇌이고, 부는 민족의 신체이다. 그렇다면 의복에 해당하는 것은 무엇인가? 정치적 지위가 바로 의복이다. 민족의 종교와 도덕이 건전하

---

4. 1919년 2월 8일 도쿄 유학생들은 조선청년독립단의 이름으로 독립선언서를 발표했다. A는 언급하지 않았으나 2월 1일엔 해외에서 활동하던 독립운동가 39명이 대한독립선언서를 발표한 바 있다.

고, 지식수준이 높고, 경제적 자립을 이루었다면 정치적 지위는 저절로 따라오거나 별로 중요하지 않은 것이 된다. 그런데도 조선인들은 앞의 세 가지는 무시하고 정치적 독립만 바란다. 정치적으로 독립하기만 하면, 편안한 옷을 걸치기만 하면 다른 건 문제도 아니라는 듯이. 한마디로 우선순위가 무엇인지 전혀 알지 못하는 것이다.

내 말에 일부는 고리타분하다는 듯 얼굴을 찡그렸으나 — 경성고보의 교복을 입은 학생 하나는 자리에서 벌떡 일어나 소리를 지르고 삿대질을 했으나 주위의 만류로 다시 자리에 앉았다. — 대다수 청중들은 고개를 끄덕이며 동의를 표했다.

B19-04

아빠에겐 들키고 싶지 않은 이야기이지만 기차역으로 가는 동안 내 눈길을 사로잡은 건 등유 램프를 환하게 밝힌 노점들이었습니다. 밤의 남대문은 낮과는 완전히 다른 세상이었습니다. 불빛과 냄새, 이 두 가지 요소로만 이루어진 작고 완벽한 왕국이었습니다. 램프 불이 바람에 흔들리며 깜빡일 때마다 냄새 하나가 내 콧속으로 뛰어 들어와 인사했습니다. 구수한 땅콩 볶는 냄새에 침을 삼켰고, 석쇠를 붉게 달구며 크게 퍼지는 고기 꼬치 냄새에 깊은 한숨을 쉬었고, 껍데기가 살짝 탄 고구마 냄새에는 바보처럼 입을 크게 벌리고 말았습니다. 내 몸을 계단처럼 타고 무서운 기세로 위로 또 위로 흐르던 단팥 떡과 국수의 부드럽고 따뜻한 김은 머리 근처에서 잠시 머물렀습니다. 자신들이 하늘에서 내려온 성령의 손이라고 믿기라도 하듯 말입니다. 상상을 끝마치기도 전에 묵직하고 커다란 손이 내 머리에 닿았습니다. 아빠의 손이었습니다. 아빠는 퇴근하고 집으로 돌아오던 다른 날처럼 손을 벌리고 온화하게 웃으며 이제 가야 할 시간이라고 담담하게 말했습니다. 우리는 호리호리한 역무원이 지키고 서 있는 개표구 앞에서 이별을 했습니다. 아빠는 성찬식 하듯 진지하게 이별 의식을 치렀습니다. 누나들을 꼭 안아 주었고 내 머리를 정성껏 쓰다듬어 주었고 동생들의 볼을 살짝 꼬집어 주었습니다. 아빠는 엄마와 마주 서서 고개를 살짝 숙였습니다. 기도하는 것처럼 보였지만 자세히 보면 아빠도 엄마도 눈을 감지 않았다는 것을 알 수 있었습니다. 엄마와의 말없는 이별을 마친 아빠는 다시 우리를 보았습니다. 아빠의 눈에 눈물이 살짝 맺혔습니다. 처음 보는 아빠의 눈물이었습니다. 이별을 이해하지 못하는 어린 동생들이 아빠에게 달려가 다리를 붙잡고 늘어졌습니다. 아빠는 허허 웃으며 동생들을 조심스럽게 떼어 내고 역무원에게로 향했습니다. 막냇동생이 바닥에 주저앉아 울음을 터뜨렸습니다. 서둘러 개찰을 마친 아빠는 마지막으로 우리 쪽을 쳐다본 후 고개를 한 번 끄덕이곤 역 안으로 들어갔습니다. 아빠의 모습이 조금씩 사라지더니 마침내 보이지 않게 되었습니다. 엄마 품에 안긴 막내가 아빠는 어디로 가는 거냐고 울먹이며 물었습니다. 엄마는 대답 대신 동생의 머리만 쓰다듬어 주었습니다. 슬프다기보다는 기분이 이상했습니다. 지난 정월 애지중지하던 연을 손에서 놓쳐 버렸을 때와 비슷했습니다. 손아귀에서 뭔가가 쓰윽, 내 의지와는 관계없이 빠져나가는데 할 수 있는 게 전혀 없던 그 무기력하고 아득한 느낌이었습니다. 나는 두 눈을 꼭 감고 행복한 미래를 상상했습니다. 나는 노점상 주인이 되고 싶었습니다. 이왕이면 국수와 고구마를 함께 파는 사람이면 좋겠습니다. 고구마는 늘 국물을 필요로 하는 법입니다. 늘 그렇듯 상상은 나를 기쁘게 해 주었습니다. 눈을 떴을 때 가족들은 이미 돌아가는 중이었습니다. 나는 엄마의 등을 바라보며 그들을 빠르게 따라잡았습니다.

A19-07

아이들 가정교사인 정화기가 떠도는 소문들을 알려주었다. 서울의 중등학교 학생들이 황제의 인산일 하루 이틀 전에 동맹 휴학을 벌이기로 결정했는데 지위와 명성을 갖춘 유력 인사가 뒤에서 그들을 조종하고 있다고 한다. 그가 지령을 내리면 학생들이 일제히 비폭력 시위를 시작할 계획이라는 이야기였다. 정화기는 잠깐 머뭇거렸다가 학생들이 내게 이를 갈고 있다는 소식을 전했다. 독립선언서에 서명하기를 거부했기 때문이란다. 나는 독립선언서를 본 적도 없다. 또한 시위를 계획하는 이들은 삼 개월 이내에 조선의 독립이 이루어질 것으로 굳게 믿는다고 한다. 참으로 어처구니가 없다. 힘없는 민족이 어리석고 순진하기까지 하니 한마디로 답이 없다. 일본이 자랑하는 유능한 경찰이 무기도 갖추지 않은 애송이 학생들에게 속수무책으로 당하는 일이 현실에서 과연 일어나겠는가? 나는 시위를 통해 독립이 이루어지기는커녕 문제만 여럿 생겨날 것으로 예상한다. 일본의 군국주의자들은 속으로 쾌재를 부르겠지. 조선인들을 더 가혹하게 다룰 좋은 구실이 생겼으므로.

C19-01

급우들이 등교를 마치자 선생님이 교단에 서서 연설을 했다. 선생님의 첫마디는 놀라웠다. 바로 오늘이 독립을 선언하는 날이라는 것이다. 선생님이 잠시 말을 멈추었지만 평소와는 다르게 끼어드는 급우들은 한 명도 없었다. 모두가 입을 다문 채 선생님의 얼굴만 바라보았다. 선생님은 오늘 조선 전역에서 비폭력 시위가 벌어질 것이라고 했다. 시위가 평화적으로 이뤄지기만 하면 미국의 윌슨 대통령은 우리를 도와줄 것이라고 했다. 파리 강화 회의에 참석하고 있는 세계의 열강들도 모두들 우리 편에 설 것이라고 했다. 그렇게만 되면 왜놈들의 지배에서 벗어나 자유를 얻는 것은 시간문제라고 말한 선생님은 갑자기 손을 들어 만세, 만세, 대한 독립 만세를 외쳤다. 우리도 선생님을 따라 외쳤다.

선생님은 지금 우리는 고귀한 자유를 얻기 위해 투쟁하는 것이라고 했다. 전 세계 사람들이 함께 참여할 것이니 인류 모두 형제가 될 날도 머지않았다고 했다. 선생님은 자신이 일본이라는 나라를 특별히 미워하는 게 아니라고 했다. 강화 회의의 원칙에 동의하기만 하면 일본과도 기꺼이 손을 잡을 수 있다고 했다. 지금 우리에게 필요한 건 적이 아니라 친구라고 했다. 그것이 거리로 나가기 전 선생님이 마지막으로 한 말이었다.

D19-01

정오 무렵에 탑골 공원으로 갔다. 공원 안은 사람들로 가득했다. 경찰들은 공원 주변을 포위했으나 출입을 막지는 않았다. 조심해서 손해 볼 것은 없었다. 나는 경찰들의 움직임을 주시하며 공원 안으로 들어갔다. 친구들을 찾기 위해 주위를 둘러보았다. 발걸음도 옮기기 어려운 판이었다. 우선은 담장 밑에 자리를 잡고 서 있기로 결정했다. 공원은 미묘한 흥분과 긴장으로 가득했다. 무슨 일이 당장 벌어질 것 같기도 했고 영원히 아무 일도 일어나지 않을 것 같기도 했다. 발끝을 돋우어 팔각정을 보았다. 어찌 된 일인지 지도자들은 단 한 명도 보이지 않았다.

E19-01

태화관[5]으로 쳐들어가서 어서 빨리 공원으로 가자고 정중하게 부탁을 했지요. 대표 중 누군가가 말하더군요. 이런 일은 우리에게

---

5. 탑골 공원에서 300미터 떨어진 지점에 있는 요릿집 명월관의 별관이다. 독립선언서에 서명한 민족대표 33인 중 29명이 참석했다.

맡기고 젊은이들은 돌아가시오.

듣기는 똑똑히 들었으나 머리가 미욱한 탓인지 무슨 말을 하는 건지 잘 이해가 안 되었기에 밖에 사람들이 기다리고 있으니 어서 가자고 다시 한 번 말했지요. 그랬더니 또 누군가가 말하더군요. 독립선언서는 태화관에서 발표할 것이오. 책임은 다 우리가 질 것이니 염려하지 마시오.

사람들이 공원에 모여 있는데 왜 굳이 좁은 태화관에서 독립선언서를 발표한다는 것인지 여전히 이해가 안 되어서 손병희의 팔목을 잡고 일으키려고 했지요. 완강히 저항하더군요. 여기저기서 목소리가 높아지는 걸 보고 이래서는 도저히 안 되겠다, 잘못하면 아예 일을 그르치겠다 싶어서 태화관을 나와 공원으로 달려갔지요.

D19-02

마음이 적잖이 초조해졌을 무렵 한 무리의 학생들이 공원 안으로 몰려왔다. 그들 중 한 명이 연단 위로 올라갔다. 웅성거리던 공원 안이 쥐죽은 듯 고요해졌다. 연단 위의 학생은 종이를 꺼내서 읽기 시작했다. 학생의 목소리는 큰 편이 아니었고 거리 또한 제법 멀어서 내용이 전혀 들리지 않았지만 아마도 독립선언서일 거라고 짐작했다. 가슴이 쿵쿵 뛰었다. 내 눈으로 보고 있으면서도 믿기지가 않았다. 머릿속으로만 상상하고 그리던 독립이 마침내 현실이 된 것이다. 학생이 읽기를 마쳤다. 공원이 침묵에 완전히 잠식당한 순간 한쪽에서 만세 소리가 터져 나왔다. 그것을 계기로 만세 소리는 쉬지 않고 이어졌고 전단이 비둘기처럼 하늘 위로 날아올랐다. 모양과 형태가 다른 전단이 커다란 우산이 되어 공원의 하늘을 완전히 뒤덮었다. 전단 한 장을 집어서 읽었다. 독립선언서였다. 일본의 합병은 부당하니 효력이 없다고 적혀 있었다. 조선인은 자신들의 운명을 결정할 권리를 갖고 있으니 일본은 그 권리를 반환하라고 적혀 있었다. 사람들이 공원 밖으로 행진을 시작했다. 앞줄에 선 사람들의 손에는 태극기가 있었다. 나도 따르려는데 누군가 전단 뭉치를 떠맡기듯 내밀었다. 별로 고민하지도 않고 전단 뭉치를 받아 들었다. 행렬 앞으로 가서 뿌리기 위해 공원을 뛰어나오다 경찰의 눈과 마주쳤다. 경찰은 아무 말도 하지 않았다. 그저 적의 가득한 눈빛, 보기에 따라서는 무심한 눈빛으로 쳐다보고만 있을 뿐이었다. 보통 때 같으면 고개를 숙이고 조용히 걸었겠지만 나는 그렇게 하지 않았다. 가슴을 당당히 펴고 온 힘을 다해 달리며 전단을 뿌렸다. 조선의 땅을 밟으며 살았던 이십 년 세월 동안 지금처럼 걸음이 가벼웠던 적은 일찍이 없었다. 나는 속으로 이것이 바로 독립의 기쁨이로구나, 하고 생각했다.

F19-01

나는 전 인민의 거대한 항거에 참여했습니다. 이 경험이 나를 직업 혁명가로 만들었습니다.

C19-02

우리는 수천 명의 시민들과 거리를 누볐다. 노래를 부르고 구호를 외치고 태극기를 흔들었다. 너무 기뻐서 가슴이 터질 것만 같았고 아무것도 먹지 않았음에도 전혀 배가 고프지 않았다. 계단에 서 있던 노인이 우리를 보며 외쳤다. 내 죽기 전에 독립을 볼 수 있겠구나.

우리는 사람들이 모여 있는 곳으로 갔다. 독립선언서가 낭독되고 있었다. 인파를 뚫고 맨 앞자리를 차지했다. 낭독자의 기쁨과 흥분으로 떨리는 목소리를 들으면서 깨달았다. 독립선언서는 문장이 아니라 살아 숨 쉬는 생물이었다. 호랑이를 닮은 그 난폭한 생물이 내 몸속으로 들어와 내 피를 마구 휘저었다. 가만히 있으면 집채만 한 호랑이가 내 몸을 발기발기 찢어 놓을 것 같아 일어나 만세를 외쳤다. 한 번으로는 모자라 두 번, 세 번, 네 번, 다섯 번… 쉬지 않고 만세를 외쳤다.

G19-01

이것이 바로 마른하늘에 굴러 떨어지는 벽력이라. 종래 공리를 어기고 인도를 짓밟던 왜놈들이 오늘에야 비로소 간담이 찢어질 것이요, 코리아라면 실속을 모르고 죽은 물건으로 치우쳐 보던 세계가 또한 일시에 놀라 돌아볼 시니 벽력이라도 이러한 벽력은 헝가리에 떨어진 벽력보다, 폴란드에 떨어진 벽력보다 한층 더 상쾌하고 신기하다! 요사이 속이 썩어 오던 일을 생각하면 스스로 기뻐하지 않을 수 없느니라.

A19-08

낮 한 시가 조금 지났을 무렵 종로서 형사들이 쳐들어 왔다. 그들은 별다른 설명도 하지 않은 채 YMCA회관 곳곳을 뒤졌다. 그들이 원하는 것은 아무것도 찾을 수 없으리라는 사실을 알았기에 아무 말도 하지 않고 지켜보기만 했다. 그들은 삼십 분 동안 회관을 쑥대밭으로 만들어 놓은 후 철수했다. 신승희만이 나가기 전에 미안하다는 표시로 고개를 살짝 숙여 보였을 뿐이다.

두 시 삼십 분경 거리에서 함성 소리가 들려왔다. 이층 창문 앞에 몸을 감추듯 서서 조심스레 거리를 살폈다. 넓은 도로를 가득 메운 조선인들이 종각 쪽으로 달려오고 있었다. 어린 학생들이 절반 이상이었다. 아직 세상 물정도 모르는 소년소녀들이 모자와 손수건을 흔들며 흥분하는 모습을 보니 화가 벌컥 났다. 존재하지도 않는 나라에 대한 헛된 애국심 때문에 앞날이 창창한 젊은이들이 나방이 되어 불길 속으로 뛰어드는 격이었다. 저 찬란한 새들을 보아 왔지만, 지금 나의 마음은 아프다.[6] 눈물이 몇 방울 흘렀다.

감상에 젖어 있을 시간은 없었다. 서둘러 회관 문을 걸어 잠갔다. YMCA는 이 시위와 무관하다는 것을 당국에 보여 주어야 한다. 독

---

6. 예이츠의 「쿨 호의 백조」에 나오는 구절

립선언서라는 것을 구해다가 읽었다. 내용이 매우 부실했다. 펜을 들어 수정하고 싶은 충동을 간신히 억눌렀다.

B19-05

거리에서 만세 소리가 들려왔습니다. 엄마는 우리의 외출을 허락하지 않았습니다. 당장이라도 뛰쳐나가고 싶었지만 중국에 간 아빠의 안전을 위해 엄마가 우리를 막고 있다는 것을 알았기에 흥분을 억누르고 가만히 있기로 했습니다. 부끄러운 고백을 해야겠습니다. 나는 만세가 무슨 뜻인지를 몰랐습니다. 엄마가 설명해 주었습니다. 우리가 자유민이라는 것을 뜻한다고 했습니다. 우리가 더는 일본의 노예가 아니라는 것을 뜻한다고 했습니다. 엄마는 만세, 만세, 대한 독립 만세, 하고 조그마한 소리로 웅얼거리듯 말하고는 아빠처럼 빙긋 웃었습니다.

A19-09

보통의 주일처럼 교회에 가 예배를 보았다. 집으로 돌아오니 오사카 마이니치신문의 기자가 기다리고 있었다. 내 입장을 여섯 가지로 요약해 밝혔다. 첫째, 조선의 독립 문제는 파리 강화 회의에 상정되지 않을 것이다. 둘째, 미국이나 영국이 일본과 척을 지면서까지 조선 독립을 지지할 까닭이 없다. 셋째, 설령 독립이 주어진다 해도 우리는 나라를 운영할 역량을 갖추지 못하고 있다. 넷째, 약소민족이 살 방법은 강한 민족에게 호감을 사는 것뿐이다. 다섯째, 학생들의 소요는 무단통치에 빌미만 제공할 것이다. 만세를 외쳐서 독립을 얻을 수 있다면 이 세상에 독립하지 않은 나라나 민족은 하나도 없을 것이다. 여섯째, 소위 33인 명단에 포함된 천도교 측 인사들은 믿을 게 못 된다.

A19-10

아침 여섯 시 삼십 분쯤 을지로 남쪽 보도에 자리를 잡았다. 오전 아홉 시경 황제의 장례 행렬이 통과했다. 황제의 유해가 담긴 관을 향해 모자를 벗고 고개를 숙였다. 일본인들도 대부분 모자를 벗었으나 모자를 벗지 않는 이들도 있었고 심지어는 소리 내어 웃는 이들도 있었다. 조선인들은 그들을 향해 손가락질을 하거나 비난하는 대화를 주고받았다. 예의를 모르는 무뢰한들의 태도에 동의할 생각은 없다. 하지만 이렇게도 생각해 본다. 장례식에 사용되는 의복과 물품 들은 아름답지만 유치하고 시대착오적이다. 인간에 비유하자면 유아기 때나 사용되던 것들이다. 다른 나라들은 새처럼 하늘을 훨훨 날아다니는 판국에 우리는 아직 걸음마도 떼지 못하는 수준이다. 이런 주제에 독립을 운운하는 게 도대체 말이 되는가? 심지어 이 나라에는 제대로 운영되는 대중목욕탕도 없다.

장례행렬 후미는 일본군이 호위했다. 그들은 총구를 땅으로 향한 채 질서정연하게 행진하고 있었다. 일본인들이 주고받는 대화가 들렸다. 조선인들은 이 군인들의 모습만 보아도 무서워서 벌벌 떨겠지. 씁쓸하지만 인정하지 않을 도리가 없었다.

B19-06

아침 일찍 일어나 제일 좋은 옷을 꺼냈습니다. 흰 바지저고리와 푸른 비단 조끼를, 그 위에다가는 푸른 옷고름이 달린, 아끼고 아끼던 흰 두루마기를 입었습니다. 서둘러 아침을 먹은 후 엄마의 눈치를 살폈습니다. 나는 엄마의 침묵을 나가도 좋다는 허락으로 받아들였습니다. 집을 나와 서대문에서 전차를 타고 종로로 갔습니다. 종로 양쪽에는 이미 사람들로 가득했습니다. 주머니를 뒤져 남은 동전을 확인한 후 다시 전차를 탔습니다. 종점인 동대문에서 내렸지만 발 디딜 틈도 없이 붐비기는 마찬가지였습니다. 동대문에서 청량리로 이어지는 시골길을 한참 걷다 보니 빈자리가 드문드문 보였습니다. 서너 개의 후보지를 놓고 신중하게 고민하다가 커다란 바위가 있는 자리를 택했습니다. 바위에 앉아 장례 행렬이 도착하기만을 기다리고 또 기다렸습니다. 족히 몇 시간은 기다린 후에야 구슬픈 태평소 소리가 들려오기 시작했습니다. 이야기를 주고받던 사람들이 갑자기 조용해졌습니다. 모두의 시선이 소리가 들려오는 쪽을 향했습니다. 마침내 궁중 의복을 입고 고깔을 쓴 악대가 눈에 들어왔습니다. 관악기들이 어우러지면서 빚어내는 슬픔의 소리가 구슬프면서도 아름다워 정신을 차리기도 힘들었습니다. 그 뒤로 북과

장구가, 나발과 바라가, 이름도 모르는 여러 악기들이 차례로 지나 갔습니다. 악기의 뒤를 이어 깃발이 나타났습니다. 빨갛고 노랗고 파 랗고 흰 색깔의 깃발에는 내가 알 수 없는 글씨들이 잔뜩 씌어 있 었습니다. 내 몸보다 더 큰 깃발이 햇빛 아래 휘날리는 광경은 장엄 했습니다. 죽은 황제도 이 깃발들의 행진에는 만족할 것입니다. 드디 어 황제의 상여가 보였습니다. 상여는 황제가 머물던 궁전의 한 건 물, 연회가 자주 벌어지던 건물을[7] 닮았습니다. 크고 화려한 상여는 나라를 잃은 후에도 황제의 삶이 제법 풍요로웠다는 사실을 모두에 게 알렸습니다. 상여 중앙에는 관이 있었습니다. 나 같은 소년 네다 섯 명은 누울 수 있는 커다란 관이었습니다. 관이 저토록 커다란 이 유를 추측해 보았습니다. 아마도 황제가 평소에 좋아하던 물건들이 잔뜩 들어 있을 것이었습니다. 귀중한 물건들이 제대로 사용되지도 못하고 무덤에 묻힌다는 생각을 하니 몹시 아쉬웠습니다. 죽은 황 제보다는 살아 있는 사람들에게 훨씬 더 유용한 물건들이었을 텐데 말입니다. 관 뒤를 따르는 황제의 신하들이 행렬의 마지막이었습니 다. 그들은 황제의 죽음이 마치 자신의 죄 때문인 것처럼 고개를 푹 숙이고 걸었습니다. 신하들이 지나가자 지금껏 숨죽이던 사람들이 갑자기 울음을 터뜨리고 곡소리를 내기 시작했습니다. 사람들이 내 는 아이고 소리는 파도처럼 높아졌다 낮아졌다 하면서 끝없이 이어

7. 경회루로 짐작된다.

졌습니다. 별로 듣고 싶지 않은 괴상한 소리였습니다. 나는 행렬에서 빠져나와 전차 정류장을 향해 걸었습니다. 기분이 이상했습니다. 뭐랄까, 갑자기 나이가 세 살은 더 먹은 형님이 된 느낌이었습니다. 피곤과 배고픔 때문일 거라고 짐작했습니다. 동대문에서 이미 만원이 된 전차를 탔습니다. 차장은 돈을 받지 않았습니다.

어두운 밤이 되어서야 집에 도착했습니다. 엄마가 수고했다며 내 등을 두드려 주곤 장례식에 대해 물었습니다. 나는 수천, 수만 명의 사람들이 황제를 배웅했다고 말했습니다. 엄마는 꽤 훌륭한 장례식이었을 것 같다고 했습니다. 나는 그렇다고 했습니다. 나라를 잃은 멍청한 황제에게는 지나칠 정도로 훌륭한 장례식이었다고 했습니다.

B19-07

학교에 들어가려는데 정문에 붙은 포고문이 눈에 들어왔습니다. 천황 명의의 포고문이었습니다. 천황에 대한 각종 미사여구는 건너뛰고 본문부터 읽었습니다. 조선인 세 명 이상이 모이는 행위, 천황이나 조선총독부를 비판하는 말이나 글이나 행동 또한 모두 금지된다는 내용이 적혀 있었습니다. 위의 내용을 어길 경우 곧바로 체포 구금된다는 무서운 문장으로 포고문은 끝났습니다. 다 읽은 순간 바람이 조금 불었습니다. 네 귀퉁이에 꽂힌 압정이 흔들리는 포고문을 단단히 지탱했습니다. 그 순간 내가 한 행동은 말로 설명하기가 어렵습니다. 주위를 살폈습니다. 아무도 보고 있지 않은 것을 확인한 후 아래쪽 압정 하나를 몰래 빼냈습니다. 다시 바람이 불었습니다. 압정을 잃은 포고문 한 귀퉁이가 보기 좋게 바람에 휘날렸습니다. 고개를 조금 숙이고는 정문을 통과해 압정을 바닥에다 슬쩍 버렸습니다. 건물에 들어가기 직전 누군가 내 목덜미를 붙잡았습니다. 경찰이었습니다. 경찰은 내가 버렸던 압정을 보여 주었습니다. 고개를 돌리자 경찰은 그 압정을 내 눈 가까이에 대고 위협했습니다. 머리를 뒤로 빼자 압정을 쥐지 않은 손으로 내 머리를 세게 잡고는 나를 돼지나 개처럼 끌고 교장실로 갔습니다. 짐짝처럼 바닥에 내팽개쳐진 나는 교장의 모습을 보고 깜짝 놀랐습니다. 검정 제복을 입은 교장은 칼까지 찼습니다. 경찰은 교장에게 내가 천황의 포고문을 찢으려고 했다고 말했습니다. 자리에서 벌떡 일어나 해명을 했습니다. 찢으려고 한 게 아니라 압정 하나를 빼냈다고 말입니다. 교장은 내 말을 듣지 않았습니다. 교장은 조센징이 감히 천황의 포고문을 훼손했다고 소리를 크게 질렀습니다. 혼비백산한 정신을 제대로 차리기도 전에 교장은 내 목덜미를 붙잡고는 누가 시킨 일이냐고 물었습니다. 장난삼아 압정 하나를 빼냈을 뿐이라고 아까의 주장을 반복했지만 교장은 여전히 내 말을 듣지 않았습니다. 교장은 문을 열고 밖으로 나가 버드나무 가지 다발을 들고 왔습니다. 교장은 바지를 걷으라고 했습니다. 버드나무 가지 다발로 내 종아리를 때리면서 시킨 사람의 이름을 대라고 계속해서 말했습니다. 나는 시킨 사람은 아무도 없다고 했고 교장은 다시 내 종아리를 때렸습니다. 매질과 문답은 계속 이어졌습니다. 매질의 강도가 높아질수록 내 대답의 크기도 커졌습니다. 아니, 어쩌면 그 반대였는지도 모르겠습니다. 어찌 되었건 내용은 바뀌지 않았습니다. 아니, 바뀔 게 없었다는 게 더 옳은 표현이겠습니다. 바람이 시켰다고 답할 수는 없었습니다. 재미있을 것 같아서요, 라고 답할 수도 없었습니다. 화가 난 교장은 내 온몸을 마구 때리기 시작했습니다. 이런 지독한 폭력은 처음 경험하는 것이었습니다. 온화한 아버지는 말로 훈계하는 쪽을 더 좋아했습니다. 설득을 포기한 나는 이를 악물고 버티기로 했습니다. 버드나무 가지들이 견디지 못하고 부러져 나갔습니다. 교장은 주먹을 사용했습니다. 버드나무 가지가 날카로웠다면 주먹은 묵직했습니다. 주먹을 맞을 때마다 내 몸이 용수철처럼 휘는 것 같았습니다. 괴로웠지만 이제 와서 굴복할 수는 없었습니다. 마침내 교장이 헉헉거리더니 손을 휘저으며 꺼져 버리라고 했습니다.

집으로 돌아간 나를 제일 먼저 맞은 건 엄마였습니다. 깜짝 놀라는 엄마에게 아침에 있었던 일을 말했습니다. 눈물을 흘리는 엄마에게 이렇게 말했습니다. 나는 울지 않았어요. 교장이 먼저 지쳐 나가 떨어졌어요.

A19-11

용산경찰서장이 찾아왔다. 그는 내게 YMCA회관에 태극기가 숨겨져 있을 가능성이 높다는 것, 내일 오전 학생들이 시위를 열 계획인데 YMCA에서도 동참할 거라는 이야기가 나돈다는 소식을 알려 주었다. 정보를 준 그에게 감사를 표한 후 회관 전체를 샅샅이 뒤졌다. 다행히 태극기는 없었고 전단 뭉치도 발견되지 않았다. 간사로 일하는 그레그 씨를 불러 밤사이 회관을 잘 지켜 달라고 부탁했다. 아무래도 YMCA에 첩자가 있는 것 같다. 다른 곳은 몰라도 이 YMCA 회관만은 시위로부터 지켜 내는 게 지금 내가 해야 할 최선이다.

C19-03

교지에 독립선언서의 내용을 옮겨 적었다. 다 적고 나니 또다시 가슴이 뜨거워졌다. 내 영혼에 불이 붙은 것 같았다. 여태껏 삶의 의미에 대해 수없이 회의해 왔던 나는 드디어 내가 이 세계의 구성원임을 깨달았다. 나는 쉬지 않고 움직이는 이 세계의 자랑스러운 한 요소라는 것, 선생님들이 늘 말하던 천년왕국이 드디어 현세에 도래했음을 조금도 의심하지 않았다.

B19-08

아침 일찍 집에서 나왔습니다. 남대문 광장에서 독립을 기념하는 중요한 행사가 열린다는 소식을 들었기 때문입니다. 큰길을 건너 덕수궁 쪽으로 접어들었을 때 광장으로 가는 수많은 학생들을 만났습니다. 나보다 나이가 서너 살은 많이 보이는 학생들이 대부분이었습니다. 기가 죽기 싫어서 발끝으로 빠르게 걸었습니다. 정동 길에 들어서자 더 많은 학생들이 합류했습니다. 그중엔 이화여당 학생들이 있었습니다. 부끄럽지만 소녀들을 보면 항상 기분이 좋아집니다. 여학생들이 걸을 때마다 땋은 머리에 묶은 나비 리본이 하늘로 날아올랐습니다. 손을 뻗어 잡아 보고 싶은 유혹을 뿌리치기 위해 두 손을 주머니에 쏙 집어넣었습니다.

마침내 광장에 도착했습니다. 생전 처음 보는 엄청난 사람들의 물결에 깜짝 놀랐습니다. 사람들의 손에는 태극기가 있었습니다. 아빠가 세웠던 계획이 멋지게 성공한 것입니다. 사람들이 태극기를 흔들며 만세를 외쳤습니다. 땅이 요란하게 흔들려서 지진이 난 줄 알았습니다. 사람들의 함성으로도 땅을 흔들 수 있다는 것을 처음으로 알았습니다. 고개를 살짝 돌려 멀리서 우리를 지켜보는 기마경찰들을 보았습니다. 겉으로는 아무렇지도 않은 척하지만 경찰들도 속으로는 무척 놀랐을 것입니다. 이렇게 많은 사람들이 광장에 모이리라고는 전혀 생각하지도 않았을 것입니다.

C19-04

기독교에서 주최하는 집회에 참석했다. 이날만큼은 서로 다른 종파들이 다툼을 멈추고 하나로 뭉쳤다. 지도자들은 우리의 독립을 위해 기도했고, 강화 회의의 윌슨 대통령을 위해 기도했고, 일본이 우리의 요구를 들어주기를 기도했고, 그들이 총칼로 우리를 위협하지 않기를 기도했다. 기도를 마친 후 찬송가를 부르며 행진을 했다.

인원은 점점 불어났다. 거리에 있던 사람들이 합류했기 때문이다. 내 머리에 30만이라는 숫자가 떠올랐다. 왜 하필 30만이었는지는 모르겠다. 아마도 내가 상상할 수 있는 가장 큰 숫자였기 때문일 것이다. 내 마음은 또다시 뜨거워졌다. 종교가 단순히 개인적 구원을 위한 도구가 아니라 사회를 바꿀 수 있는 이상적이며 실천적인 사상이라는 사실을 깨달은 놀라운 순간이었다.

F19-02

우리는 전단을 함께 쓰고 돌렸습니다. 인민들의 가슴은 독립에 대한 열망밖에는 없었습니다. 극악무도한 왜놈들이라 해도 그 숭고한 열망을 막을 수는….

C19-05

갑자기 왜놈들이 총을 쏘았다. 대검으로 사람들을 찔렀다. 겁에 질려 서둘러 도망가던 나는 이상한 광경을 목격하고 발걸음을 멈추었다. 여자들이 그 자리에 무릎을 꿇고 기도를 하는 것이었다. 인간이 아닌 왜놈들에게 그 기도가 통했을 리가 없다. 여자들이 바닥에 꼬꾸라졌다. 그들에게 달려가려고 했다. 불가능했다. 내 양손은 이미 왜놈들에게 붙잡혀 있었다.

B19-09

말들이 비명을 지르는 소리를 들었습니다. 기마경찰들이 우리를 향해 오고 있었습니다. 긴 칼을 마구 휘두르며 우리 쪽으로 달려오고 있었습니다. 사람들이 한쪽으로 쏠리는 바람에 가장자리로 밀려났습니다. 바닥을 짚고 간신히 몸을 일으키곤 처참한 광경을 보았습니다. 기마경찰들은 사람들의 무리 한가운데에서 미친개처럼 칼을 휘둘렀습니다. 사람들이 소리를 지르며 쓰러졌습니다. 어찌해야 할지를 몰라 그 자리에 그대로 서 있었습니다. 기마경찰 한 명이 칼을 휘두르며 다가왔습니다. 누군가 내 팔을 잡아당기지 않았다면 나는 말에게 밟히거나 칼을 맞았을 것입니다. 내 팔을 잡아당긴 학생과 함께 무작정 달렸습니다. 어디로 가는 것인지도 전혀 몰랐습니다. 그저 학생의 등을 보며 달리고 또 달렸을 뿐입니다.

A19-12

아침 여섯 시 삼십 분에 YMCA회관에 출근했다. 회관을 꼼꼼히 살펴보았지만 특별히 이상한 점은 없었다. 열 시 삼십 분경 종각 부근에서 큰 시위가 벌어졌다. 이미 경고했듯 경찰은 더 이상 시위를 지켜보지 않았다. 시위에 참여한 소년소녀들 중 일부가 쓰러졌으며 대부분은 경찰에게 끌려갔다. 숫자가 워낙 많아 사태가 진정되기까지는 꽤 오랜 시간이 걸릴 것 같았다. 마음이 몹시 아파 눈물을 흘리지 않을 수 없었다. 하지만 내게는 아무런 힘이 없으니 그저 지켜

보기만 할 뿐이다.

C19-06

내가 끌려간 곳은 내가 다니던 학교였다. 학교는 임시유치장으로 변했다.

D19-03

도로는 차단되었다. 앞줄의 사람들은 총과 칼에 용감히 저항했지만 처음부터 이길 수 없는 싸움이었다. 사람들이 공포에 휩싸여 도망가기 시작했다. 들리는 소리라곤 가쁜 숨소리와 비명밖에 없었다. 다행히 나는 다치지 않고 집으로 돌아왔다.

B19-10

어둑해질 무렵이 되어서야 동네에 도착했습니다. 멀리 집이 보이자 비로소 시위에 참석했던 다른 학생들을 걱정하는 마음이 생겨났습니다. 나비 리본으로 머리를 묶은 소녀들은 모두 무사히 집으로 돌아갔을까요? 집에 도착하기도 전에 엄마가 달려왔습니다. 엄마가 화를 내리라 생각했습니다. 엄마는 아무 말도 하지 않고 그저 나를 꼭 안아 주었을 뿐입니다.

A19-13

일본 기독교의 실력자들인 니와 씨와 와다세 목사를 차례로 찾아갔다. 나는 그들에게 이번 사태와는 전혀 관련이 없음을 다시 한번 강조했다. 와다세 목사는 33인의 명단에 기독교 인사가 대거 포함되었다는 점, 천도교 인사와 공조했다는 점을 비난했다. 나도 가만히 있지는 않았다. 일본은 조선인들의 불만이 어디에 있는지를 철저히 규명해야 한다고 설명했다. 그러나 와다세 목사는 불만 사항이 해결되지 않는 한 시위는 계속될 것이라는 사실을 전혀 모르는 것 같았다.

D19-04

지난 밤 친구들 다섯 명의 행방이 확인되지 않았다. 다행히 그들은 죽지 않았다. 가벼운 부상을 입은 채 구치소에 갇혀 있다는 소식을 들었다. 친구들에게 음식을 넣어 주고 돌아오는 길에 결심했다. 아무것도 하지 않고 가만히 있을 수는 없다고. 의학 공부도 중요하지만 지금은 상처 입은 나라를 먼저 치유할 때라고. 친구의 하숙집으로 찾아갔다. 한창 전단을 만들고 있던 그는 나의 방문을 진심으로 반겼다.

C19-07

경찰은 대나무 회초리로 온몸을 마구 때리며 독립을 요구한 이

유를 물었다. 아무 말도 하지 않자 또다시 회초리를 휘두르며 앞으로 벌어질 시위에 가담할 생각이냐고 물었다. 나는 아무 말도 하지 않았다.

A19-14

보통 때처럼 YMCA회관에서 업무를 보았다. 경성일보에서 취재를 왔기에 다시 한 번 내 생각을 명확히 밝혔다. 조선 청년들의 앞길이 달린 문제이기에 애매한 태도를 취해서는 안 된다는 마음에서였다. 시위에 반대하는 이유를 요약해 설명했다. 조선 문제는 파리 강화 회의에 상정되지 않을 것, 미국이나 영국은 조선을 위해 모험을 하지 않을 것, 약한 민족이 생존하는 유일한 길은 강자의 심기를 건드리지 않고 호감을 사기 위해 노력하는 것, 이 세 가지였다.

A19-15

내 발언에 대한 일본인들과 조선인들의 반응은 정반대다. 일본인들은 환영했지만 조선인들은 분노를 표출했다. 심지어 내가 이 나라와 민족에게 결코 용서받을 수 없는 죄를 지었다는 내용의 협박 편지까지 받았다. 황제는 누군가를 옥에 가두고 싶을 때마다 친일파라는 단어를 사용했다고 한다. 조선인들의 순진하고 단순한 결론에 이제 더 이상 화도 나지 않는다.

A19-16

경찰들이 수감된 여학생들에게 야만적인 행동을 했다는 소식을 들었다. 그들이 겪었을 고통을 생각하니 마음이 아프다. 단 한 가지 마음에 위안이 되는 건 그들이 내 그릇된 약속 때문에 고통을 당하는 건 아니라는 사실이다.

F19-03

나는 체포될 위험을 고려해 도쿄로 밀항을 했습니다. 고학을 할 결심이었지만 상황이 여의치 않아 다시 상하이로 갔습니다.

C19-08

조국을 떠나기로 했다. 내 조국은 냉정한 열강들에게 잘 들리지도 않는 쉰 목소리로 정의의 실현과 민족자결주의를 호소하는 병든 노인이었다. 우리는 그 어리석음의 희생양이 된 것이다. 나는 조선 땅에 태어난 사실에 진심으로 분개했고 어리석은 종교에 내 앞날을 맡겼던 것을 진심으로 후회했다.

D19-05

어머니는 내가 겁쟁이가 아니라고 했다. 나는 결국 국경을 넘을 것이고 유럽에 무사히 도착할 것이라고 했다. 어머니는 자신에 대한 걱정은 하지 않아도 된다고 했다. 내가 다시 돌아오기만을 조용히 기다리겠다고 했다. 어머니는 내 덕분에 그 동안 큰 기쁨을 느끼며 살았다고 했다. 어머니의 마지막 말을 잊을 수 없다. 가라, 이제 혼자서 가야 할 시간이다.

B20-01

우리는 조국을 떠나야 할 때가 되었다는 사실을 깨달았습니다. 아빠가 없으니 하루하루 먹고 사는 것도 힘이 들었습니다. 게다가 경찰은 늘 우리를 감시했습니다. 아빠가 있는 중국으로 가야 했습니다. 어떻게든 조국을 떠나 상하이로 가야만 했습니다.

A19-17

조선인들 모두가 나를 비난한다. 나는 분명히 오해를 받고 있다. 동포들이 겪고 있는 고통을 생각하면 가슴이 아파 잠도 제대로 이룰 수 없다. 동포들을 돕기 위해 할 수 있는 일을 생각하느라 머리가 늘 지끈거린다. 당국은 조선인 지도자들을 소집해 조선인들이 분노하는 이유를 제대로 파악해야 한다.

'대언자가 자기 고향과 자기 집 외에서는 존경받지 못하는 일이 없느니라, 하시고 그들이 믿지 아니하므로 거기서 능력 있는 일을 많이 행하지 아니하시니라.'[8]

8. 마태복음 13장 57-58절(킹 제임스 흠정역)

2장. 해설

A는 윤치호가 확실하다. 윤치호는 1883년부터 1943년까지 영어로 일기를 썼는데 본문 내용은 그 일기와 상당 부분 비슷하다. 본문에도 나타나듯 1919년 당시 윤치호는 YMCA 총무로 재직했다. 윤치호가 갖고 있던 기묘하고 굳건한 사상에 대해서는 더 말하지 않는 대신 해방 후에도 꽃길만을 걸었던 그의 집안 사람들에 대한 이력을 간단히 소개하기로 한다. 대통령 윤보선, 서울대 총장 윤일선은 윤치호의 당질(사촌형제의 아들)이었으며, 국회부의장 윤치형은 사촌동생이었으며, 육군 의무감 윤치왕은 동생이었으며, 농림부장관 윤영선은 아들이었다.

B는 피터 현(현준섭)이 확실하다. 피터 현은 삼일운동 당시를 회고하는 『만세!』라는 책을 썼는데 본문 내용은 『만세!』와 상당 부분 비슷하다. 피터 현의 아버지는 현순 목사다. 본문에도 나타나듯 현순은 삼일운동을 계획한 후 중국으로 가 임정에서 일했다. 피터 현은 1920년 4월 아버지가 있는 중국으로 갔고 이후 하와이로 이주했다.

C는 김산이 확실하다. 님 웨일즈는 중국에서 김산과 인터뷰를 한 후 『아리랑』이라는 책을 썼는데 본문 내용은 『아리랑』과 상당

부분 비슷하다. 평양 숭실중학교 학생이던 김산은 삼일운동에 참여했다는 이유로 학교에서 제적되었다. 모스크바 유학을 결심했으나 실패하고 만주의 신흥무관학교에 입학했다.

D는 이미륵이 확실하다. 독일에 거주하던 이미륵은 자전적인 소설 『압록강은 흐른다』라는 책을 썼는데 본문 내용은 『압록강은 흐른다』와 상당 부분 비슷하다. 경성의전 학생이던 이미륵은 삼일운동에 참여했다는 이유로 일본 경찰의 수배를 받고 상하이로 갔다가 독일에 정착했다.

E는 강기덕으로 추정된다. 일본 경찰이 작성한 「강기덕 신문조서」에 따르면 강기덕은 다른 두 학생과 함께 태화관으로 가 민족대표들에게 탑골 공원으로 옮길 것을 요청했으나 거절당했다.

F는 박헌영으로 추정된다. F의 행적은 3.1운동 후 일본을 거쳐 상하이로 간 박헌영과 일치한다. 그런데 피터 현과 박헌영은 상하이에서 가깝게 지냈다. 피터 현은 박헌영을 박 선생이라고 불렀고 누나인 앨리스 현(현미옥)의 결혼상대로 여겼다. 피터 현의 바람과는 달리 박헌영과 앨리스 현의 관계는 오누이 내지 동지에 더 가까웠다. 훗날 앨리스 현은 북한으로 갔다가 박헌영 파 간첩으로 몰려 처형당한다.

G는 1919년 3월 13일 신한민보 호외에 실린 기사 중 일부이다.

참고문헌

김상태 편역, 『윤치호 일기』, 역사비평사, 2001

님 웨일즈 지음, 조우화 옮김, 『아리랑』, 동녘, 1984

이덕일 지음, 『근대를 말하다』, 역사의 아침, 2012

이미륵 지음, 전혜린 옮김, 『압록강은 흐른다』, 범우사, 1973

이주명 편역, 『원문 사료로 읽는 한국 근대사』, 필맥, 2014

임경석 글, 『이정 박헌영 일대기』, 역사비평사, 2004

정병준 지음, 『현앨리스와 그의 시대』, 돌베개, 2015

피터 현 지음, 임승준 옮김, 『만세!』, 한울, 2015

황동규 옮김, 윌리엄 버틀러 예이츠 지음, 『1916년 부활절』, 민음사, 1995

몇 해 전 『현앨리스와 그의 시대』(돌베개, 2015)라는 책을 읽었습니다.
동화처럼 아름다운 이름을 가진 그녀의 삶은 셰익스피어 비극에 훨씬
더 가까웠습니다. 삼일운동에 관한 소설을 쓰기 위해 자료를 살피는데
한 권의 책이 눈에 들어왔습니다. 『만세!』(한울, 2015)라는 순진할 정도
로 직설적인 제목의 책을 쓴 이는 피터 현, 바로 앨리스의 동생이었습니
다. 피터는 이름 그대로 장난꾸러기 소년의-성경의 베드로이겠지만 저
에게는 피터 팬입니다-마음으로 책을 썼습니다. 뜻밖에도 집안에 드
리웠던 어두움은 거의 느껴지지 않습니다. 삼일운동 전후 사정에 관심
이 있는 분들에게 이 두 권의 책을 제일 먼저 권합니다.

어느 조선인 일경의
기이한 변절

∴

하창수

1940년, 여름.

마흔 살의 생일날, 장만석張萬石은 남산으로 오르는 좁은 길 옆 칠흑 같은 어둠에 싸인 소나무 숲에 몸을 숨기고 있었다. 아침에 먹은 절편에 체해 점심과 저녁을 고스란히 굶은 탓도 있었지만 어두워졌는데도 좀체 수그러들지 않는 열기 탓에 금방이라도 쓰러질 듯 현기증이 일었다. 거기다 모기들까지 떼를 지어 맨살을 파고들었으나 잠복을 풀 수는 없는 일이었다. 첩보를 도무지 믿지 못하겠다며 그의 선임인 이시하라石原가 철수령을 내리자 기다렸다는 듯 대원들이 모두 떠나 버렸지만 그는 포기할 수 없었다. 얼마나 별러 온 기회였던가. 겉으로는 젊어 엄청난 재산을 물려받은 부잣집 상속자로 위장한 채 뒤로는 은밀하게 독립군에게 군자금을 대주는 한편 금서로 되어 있던 박은식의 『독립운동지혈사』와 『한국통사』, 신채호의 『조선상고사』 따위 책들을 국내로 반입해 등사를 뜨거나 대담하게도 인쇄까지 시도하고 있던 자의 손목에 수갑을 채울 수 있는 절호의 기회였던 것이다.

유익건柳翼建 ― 철저한 보안으로 증거를 확보할 길 없던 자가 드디어 그가 쳐 놓은 그물망에 걸려들 찰나였다. 여기에는 총독부 관리 하의 조선문인협회에 소속된 소설가 최이락崔二樂의 공이 톡톡했다. 그는 일본에 협력하기를 거부하는 문인들을 포섭하거나 그들의 이름을 도용해 일본제국과 천황에 충성을 다짐하는 소설들을 발표하는, 말하자면 실체가 철저히 숨겨진 유령작가였다. 그가 장만석이 거느리고 있는 끄나풀 중 가장 확실한 수하라는 사실은 이시하라마저 제대로 알지 못하는 일이었다. 근자에 그 최이락으로 하여금 상하이上海에서 밀반입한 박은식의 『안중근 의사 일대기』를 들고 유익건을 찾아가게 했는데 거기서 인쇄에 관한 일체의 경비를 제공해 줄 것을 요청했고, 바로 오늘 남산에서 은밀히 만나 자금을 제공받기로 약조를 받아 놓은 것이다. 그 덫에 채일 것이라는 확실한 보장은 물론 없었지만, 거의 9할은 장담할 수 있다고 최이락이 큰소리를 친 걸 보면 남은 건 시간이 해결해 줄 터였다. 희미하게 빛을 쏘고 있던 달도 완전히 기울고 교교한 적막과 짙은 어둠만이 남산의 소나무 숲을 뒤덮고 있을 때, 좁은 길을 조심스럽게 걸어오는 소리를 장만석은 들을 수 있었다. 그는 허리에 차고 있던 26년형 리볼버를 조용히 빼 들었다. 코시카와 조병창造兵廠에서 생산한 구닥다리에 명중률도 떨어지고 탄속도 느린 그 권총은 조센징 일본경찰의 초라한 위상을 고스란히 대변했지만, 그는 결코 그런 것에 굴하지 않았다. 보란 듯 성공하리라, 어금니를 꽉 깨물며 짓씹듯 다짐을 내뱉을 때의 그를 보고 있으면 독립투사라도 된 성싶었다.

발자국 소리가 점점 가까이에서 울려왔다. 발걸음이 멎고 검은 그림자가 사방을 두리번거리는 게 어둠에 잠긴 그의 눈에 들어왔다. 그때, 장만석이 앞으로 쑥 몸을 빼냈다. 그걸 본 그림자가 움찔하며 "최 군인가?" 하고 물었다. 최이락인지를 확인하는 유익건임이 분명했다.

"선생님, 오셨습니까?"

약간 상기된 목소리로 장만석이 되물었다. 흉내를 낸다고 냈지만 그 목소리가 최이락의 것이 아니란 건 단박에 알 일이었다. 유익건은 재빨리 몸을 돌려 왔던 길을 뛰어 내려가기 시작했다. 순식간의 일이었다. 하지만 일본식 권법으로 단련된 장만석에겐 아무것도 아니었다. 축지법이라도 쓰듯 단숨에 내리막길을 달려간 장만석은 유익건의 앞을 가로막으며 중지와 검지를 날카롭게 곧추세우고는 유익건의 명치를 찔렀다. "윽!" 하는 소리도 제대로 내지 못한 채 유익건이 무릎을 꺾었다. 장만석은 리볼버의 총구를 유익건의 관자놀이에 갖다 댔다.

장만석으로부터 일격을 당한 유익건은 숨이 막히는 것 같은 느낌이었다. 자신을 공격한 자가 최이락이 아니란 사실은 뭔가 심각한 사태가 벌어지고 있다는 사실을 직감하게 만들었다. 빠져나갈 틈이 보이지 않았다. 최이락이란 자를 너무 쉽게 믿어 버렸다는 자책감이 유익건의 머릿속을 물길처럼 덮쳤다.

'이 일을 어쩐다?'

유익건은 겨우 트여 오는 숨통으로 조금씩 밤공기를 빨아들였다. 열기로 가득 찬 밤공기가 빨려들면서 그의 머릿속이 빠르게 움직였다.

'이놈은 대체 누구지? 최이락이란 놈과는 무슨 관계일까? 혹시 형사?'

자신의 관자놀이에 완강하게 붙어 있는 권총의 총구는 놈이 형사라는 걸 말해 주고 있었다.

'형사가 왜?'

질문은 원점으로 돌아갔다. 하지만 더는 복잡하게 물을 필요가 없었다. 어둠 속의 사내가 궁금한 것들을 조목조목 일러주기 시작한 것이다.

"유 선생, 더 이상 허튼 수작은 안 하실 줄 압니다. 이걸 단순한 습격이라고 생각하시면 곤란해요. 나는 형사로 산 7년을 모두 걸고 선생을 추적해 왔으니까. 지금쯤 선생은 최이락이란 자를 원망하고 있겠지만 그놈을 너무 미워하진 말아요. 그놈도 제 살 방도를 구한 것뿐이니까."

어둠 속의 사내는 유익건의 관자놀이로부터 권총을 떼어 냈다. 그러나 유익건은 긴장을 늦추지 않은 채 어둠 속에 잔뜩 몸을 웅크렸다. 도망칠 틈은 여전히 바늘구멍만큼도 없었다. 도대체 자신을 7년씩이나 쫓은 자가 누구인지, 그 의문부터 풀고 싶었다. 거기에 답이라도 하듯 어둠 속에서 사내의 말소리가 다시 들려왔다.

"정의니 애국 따윈 얘기하지 맙시다. 선생이나 나나, 최이락이나 모두 조선인입니다. 지금 우리 처지가 이렇지 않다면 난 선생을 가장 존경하는 인물로 삼았을 거요. 왜놈들에게 빌붙어야 겨우 살아갈 수 있는 팔자로 태어나지 않았다면 말입니다. 정의니 애국이니 하는 걸 갖다 붙이기엔 최이락이나 나나 아주 불쌍한 인간들이지요. 송진을 하도 벗겨 먹어 똥구멍이 찢어지는 가난뱅이로 태어나 살면서 배운 건 딱 하나였어요. 괜한 자존심 세우지 말자. 자존심이 밥 먹여 주지 않는다. 탓하고 싶으면 똑같이 나라를 잃었으면서도 어떤 자는 잃은 나라를 찾으려 발버둥을 치고 어떤 놈은 그런 자를 밀고하고 잡아넣어야 입에 풀칠이라도 하는 모진 세상을 탓해라."

유익건은 어둠 속의 사내가 토해 내는 달변에 한순간 웃음이 솟았다. 7년간이나 자신을 추적했다는 사내는 그 추적의 결실이 맺어지고 있다는 사실에 기꺼워하는 동시에 죄책감을 느끼고 있으며, 그 죄책감으로부터 벗어나기 위해 뭔가 합리적인 논리를 찾고 있음이 분명했다. 유익건은 어둠 속 사내의 정체가 한층 더 궁금했다. 그는 필시 최이락 같은 조무래기와는 다를 것이었다. 유익건은 "댁은 누구요?" 하고 단도직입으로 물었다.

"나?"

어둠 속의 사내는 자조적으로 되묻고는 통쾌하게 웃기 시작했다. 아무에게도, 아무것에도 거리낄 것이 없다는 태도였다. 한동안 어둠 속으로 사내의 웃음소리가 날려 가다가 조금씩 천천히 잦아들었다. 숲에서 비어져 나온 한 줄기 바람이 웃음이 잦아든 사내의 얼굴을 쓸고 지나갔다. 사내는 품속에서 무언가를 꺼내 입에 물었다. 그러곤 성냥을 그었다. 파리한 불꽃이 어둠을 꿰뚫으며 피어올랐다. 잠시 일었다가 사라진 불꽃 속에서 유익건은 사내의 모습을 순간적으로나마 확인할 수 있었다. 그러나 그의 눈에 남은 건 우습게도 사내가 입고 있는 당꼬바지였다. 위는 펄렁하고 밑은 일고여덟 개의 단추로 여미어 다리 아래쪽에 착 달라붙은, 일선형사의 전형과도 같은 바지.

"내가 누구냐고 물었소?"

담배연기를 길게 뿜고 난 사내는 다시 입을 뗐다. 유익건은 말없이 어둠을 응시할 뿐이었다.

"대답해 드리지."

사내는 담뱃갑에서 담배 한 개비를 꺼낸 뒤 땅바닥에 주저앉은 유익건에게로 몸을 낮추었다. 그러곤 담배를 그에게 내밀었다. 유익건이 그것을 천천히 받아 쥐었다. 그가 피워 물었던 담배의 끝으로 불을 옮겼다. 불이 붙은 담배를 한 모금 깊이 빨아들이는 순간의 그 짧고 희미한 밝음 속에서 유익건은 사내의 검은 눈동자가 반짝이는 것을 보았다. 그것은 마치 어둠에 잠긴 강물이 출렁일 때 일어나는, 있는 듯 없는 듯한 반짝거림과 같았다.

"내 하찮은 이름자를 선생 같은 분한테 옮길 수 있게 되어 대단한 영광입니다. 나는 장만석이라 합니다."

자기의 이름을 마치 더러운 오물이라도 되는 양 뱉어 내고 나서, 사내는 뭔가에 기분이 상한 듯 거칠게 몸을 일으켰다.

"제기럴!"

사내는 피우던 담배를 땅바닥에 던져 버리고는 구둣발로 자근자근 비벼서 불을 껐다. 어둠 속에서 "일어나!"라는 말이 들려왔다. 돌연한 태도였다. 괜히 이름을 물어 비위를 상하게 했다고 자책하며 유익건은 천천히 몸을 일으켰다. 그는 재빨리 주위를 살폈다. 이대로 사내를 따라간다는 건 섶을 안고 불 속으로 뛰어드는 꼴임을 그는 잘 알고 있었다.

"이보시오. 장이라고 했소?"

어둠 속임에도 사내의 눈빛은 날카롭게 뿜어져 나왔다.

"댁은 실수를 하는 거요, 지금. 날 잡아가서 넘기고 나면 댁이야 그만이지만, 난 그곳이 어떤 데인지를 알만큼 아는 사람이오. 난 고문을 이겨 낼 만큼 튼튼한 몸을 가지지도 못했고, 그걸 견뎌 낼 강한 정신의 소유자도 아니요. 고문이란 게 뭐요? 결국 없는 얘기를 지어서까지 털어놓아야 한다는 거 아니오. 왜놈들이야 얼씨구나 하겠지만 댁은 뭐가 되는 거요? 내 진술의 태반이 엉터리란 걸 나중에라도 탄로가 날 게 뻔한데, 그렇게 된다면 댁은 결국 그들의 문책으로부터도 자유로울 수 없지 않겠소?"

교묘한 언술이었다. 듣기에 따라서는 도피를 구하는 말일 수 있었지만, 확실히 허점을 찌르고 있었다. 하지만 장만석은 대뜸 코웃음부터 쳤다. 그토록 위대해 보이던 사람이 한순간 초라하기 짝이 없는 존재로 보인 것이다.

"유 선생, 지금 날 회유하자는 겁니까? 내가 그런 변설에 넘어갈 거라고 믿는 겁니까? 그랬다면 크게 오산을 하셨습니다그려."

장만석이 내지르는 말에 유익건이 고개를 크게 끄덕였다. 마치 깨끗이 포기해 버린 것 같은 표정이었다.

"그럼, 가 봅시다."

그렇게 말하고는 유익건은 앞서서 휘적휘적 걸었다. 장만석은 재빨리 그의 오른팔을 낚아채 자신의 왼팔과 수갑으로 결합시켰다. 찰칵, 하는 단발음이 어둠 속에 울렸다가 잠겨 들었다.

같은 날, 아직 아침햇살이 퍼지기 전.

높다란 천정에서 바닥으로 길게 드리워진 삼밧줄 끝에 온몸이 피범벅이 되어 축 늘어진 유익건이 매달려 있었다. 새벽 두 시경 장만석으로부터 유익건을 인계받은 요다依田 형사는 무려 세 시간 동안 그를 반쯤 죽여 놓았다. 일본 육군대학을 졸업하고 관동군 헌병사령부에서 초급장교를 지내던 시절, 중국의 군벌인 장작림張作霖의 아들 장학량張學良이 이끄는 국공합작군에 체포되었다가 왼쪽 다리의 무릎 아래가 잘려 나가면서도 탈출에 성공해 경찰 중 가장 악명 높은 '고문 기술자'로 변신한 요다 ― 살아서 지옥을 경험하고 싶은 놈이면 언제든 자기를 찾아오라고 떠벌이던 자였다. 하필이면 그자에게 유익건을 인계하게 될 줄은 장만석으로서도 예상하지 못했다. 선임인 이시하라의 경찰학교 후배이며 고문에 의해서가 아니라 끈질기고 조리 있는 신문으로 자백을 유도하는 것으로 소문난 사사키佐々木가 원래 당직이었다. 그런데 그의 임신한 아내가 때마침 산통産痛을 호소한다는 연락을 받고 당직을 요다에게 대신 맡겨 놓고 떠나 버리는 바람에 그야말로 산통算筒이 깨져 버린 것이다. 요다에게 유익건을 넘겨 놓은 장만석은 집으로 돌아가는 발길이 떨어지지 않았다. 그걸 일말의 양심이라고 한다면 우스운 얘기겠지만, 그때 장만석은 분명 그 비슷한 걸 느끼고 있었다.

'버텨라… 제발…'

조선놈의 끈질기고 당당한 기품을 야차 같은 왜놈 앞에서 보여 주어라. 우습게도 장만석은 그런 부질없는 중얼거림을 속으로 뱉어 놓고 있었다. 유익건이 누구인가. 조선에서 둘째가라면 서러워할 대지주의 아들로 열일곱에 와세다 대학 경제학부에 입학해 1년 만에 팽개치고 귀국해 부친으로부터 '조선물산'을 인수받아 5년 만에 대전, 대구, 해주, 평양에 지부를 신설하고 당시 열기에 차 있던 '물산장려운동'의 기수가 된 인물이었다. 그러면서도 일제로부터 어떤 제

재도 받지 않은 것은 완벽하게 '법'의 테두리 안에서 일을 진행시키는 그의 수완 때문이었다. 그의 그런 수완을 역설적으로 증명해 주는 것이 바로 '인해당印海堂'이라는 종로에 있는 허름한 도장 가게였다. 거기서 그는 은밀히 금서들을 찍어 낸 것이다.

유익건이 찍어 낸 금서 가운데 귀중한 자료가 될 만한 것들은 일일이 손으로 꼽을 수가 없었다. 그중에서도 식민치하의 지식인들에게는 물론, 드러내 놓고 일제에 적대감을 표시할 수 없었던 일반인들에게까지 충격을 안겨 준 것은 『학살의 진상』이라는 책자였다. 3.1운동 당시의 여러 학살사건을 파헤친 보고서의 일종인 그 책에는 일제에 의해 자행된 끔찍한 학살사건이 극화의 형식을 빌려 적나라하게 묘사되어 있었다.

1919년 4월 15일, 육군중위 아리타 토시후미有田俊史가 이끄는 한 무리의 일본군경이 만세 운동이 일어난 수원의 제암리로 몰려가 기독교도와 천도교도 30여 명을 교회당 안으로 몰아넣은 후 문을 잠그고 집중사격을 퍼부어 몰살시킨 제암리堤岩里 학살사건 때 교회당에 갇힌 절망의 순간에 한 부인이 창밖으로 아이를 밀어내며 아이만은 살려 달라고 애원했지만 일본군인은 그 아이마저 잔인하게 찔러 죽인 만행의 순간이 삽화로 그려져 처참함을 더한다. 정주定州의 군민들이 장날인 3월 31일에 만세 운동을 하기로 정하고 준비하던 중에 거사 계획이 일본경찰에 탐지돼 주동자들이 체포되자 이에 자극받은 5천여 명의 군중들이 시위를 벌였다가 일경과 군인들로부터 무차별 사격을 받고 120여 명이 목숨을 잃고 항일운동의 본거지인 오산학교가 불에 탄 정주학살사건 편에는 지도자였던 이승훈, 이명룡, 조형균 선생의 집이 참혹하게 부서진 장면이 그려져 있다. 그 외에도 3.1운동을 기점으로 경상도 밀양과 합천, 평안도 사천과 강서와 맹산, 전라도의 남원 등지에서 일어난 만세 운동과 거기에 이어진 처참한 '학살의 진상'들이 그 책 『학살의 진상』에 고스란히 담겨 있었다. 언론이나 출판에 자유도 권리도 없는 것이나 마찬가지였던 그때, 거의 모든 장애를 뛰어넘고 때로는 어줍은 문화정책을 조롱하며 "당대에 실천하지 않는 지성은 살아 있으나 죽었다."고 말할 줄 알았던 그 유익건이 지금, 절체절명의 위기에 처한 것이다. 그를 그 위기에 몰아넣은 장만석은 지금, 차라리 그를 쫓았던 7년이 더 나았다고 생각하는 중이었다.

이시하라가 출근을 하고, 장만석이 유익건의 체포에 관해 막 보고를 올리던 때였다. 성냥개비를 이빨로 자근자근 깨물며 기묘하게 절름거리며 요다가 다가왔다. 그의 흰 반팔 셔츠에는 시뻘건 핏방울이 아직 마르지도 않은 채 묻어 있었다.

"요다, 벌써 한 건 올린 건가?"

이시하라가 미간을 찡그리며 물었다. 그의 눈길이 장만석에게로 날아들었다. 그로서도 요다는 섬뜩한 인간임엔 분명했다. 손톱 밑으로 바늘을 찌른다거나 수건을 덮씌운 얼굴에 고춧가루가 든 물을 붓는 따위의 고문은 요다라는 인물에게는 구태의연할 뿐이었다.

요다가 즐겨 쓰는 고문은 그런 것과는 비교할 수 없었다. 그의 고문 장면을 목격한 이시하라가 그것만은 막아야 한다며 서장에게 특별 청원까지 할 정도였다. 요다가 그 잔혹한 고문을 유익건에게 실행하지 않았을 리 없었다. 이시하라도 그리 짐작했고, 옆에 서서 바지에 찌른 두 손을 바짝 틀어쥐고 있던 장만석도 그랬다. 그것은 바로 남자의 성기에 전선을 연결해 놓고 발전기를 돌리는 고문이었다.

"형님, 저 자식 아주 약골이던데요? 거시기는 제법 쓸 만해 보였지만, 하하하!"

이시하라를 형님이라고 부르는 요다의 면상을 장만석은 갈겨 버리고 싶었다.

"그래도 포상은 요다 네 몫이 아니다. 잡아들인 공로는 이 친구에게 돌아가야 한다. 이의 없지?"

이시하라는 손가락으로 장만석을 가리키며 요다에게 말했다. 요다는 그런 포상 따위는 바라지도 않는다는 듯 의자에 걸터앉으며 절룩거리는 다리를 꼬아 반대편 다리 위에 올려놓으며 야릇하게 웃었다. 그의 눈은 장만석에게 박혀 있었다.

"포상? 흐흐, 실컷 받아라. 제 동포를 잡아다 요절을 내게 만들었으니, 네가 받는 상이란 곧 네가 받는 벌이다."

장만석은 요다의 그 표독스런 말을 부인하고 싶지 않았다. 부인할 수도 없었다. 자신은 지난 7년간 그런 짓만 골라서 해 왔다. 상도 수없이 받았고, 보상금도 챙길 만큼 챙겼다. 그럴 때마다 들려온 동포를 팔았다는 말은 우스웠다. 철따라 자식에게 옷을 해 입히고 요깡과 모찌를 미어터지게 먹일 수 있으면 그만이었다. 용돈을 두둑하게 쥐어 주는 건 재밌는 일이었다. 매국노 따위의 같잖은 소리를 듣는다거나, 죽어서 극락 가기는 틀려먹었다는 소리에 주눅이 든 적은 한 번도 없었다. 오직 살아갈 뿐이었다. 그러면서 그는 언젠가 그 빚을 몽땅 갚을 날이 있을 것이라는, 어쩌면 별 의미 없는 역전의 기회를 노리고 있었다. 그렇게 되는 날, 요다 같은 인간은 가라테로 단련된 자신의 손끝에서 비명 한 번 지르지 못하고 목숨을 내놓아야 할 것이었다. '그때만 오너라.' 하릴없이 그는 중얼거리곤 했다. 그때란, 어쩌면 그리 멀지 않을지도 몰랐다.

"주시는 상은 기꺼이 받아야죠. 그게 황국신민의 도리가 아니겠습니까."

장만석은 싸늘한 목소리로 내뱉었다. 그러곤 시뻘겋게 달아오른 요다의 눈동자를 후벼 팔 듯 노려보고는 취조실을 빠져나왔다.

정의란 무언가. 애국이란 무엇인가. 피곤한 몸으로 귀갓길에 오른 장만석은 그 묻고 싶지 않은 질문을 스스로에게 던지고 또 던졌다. 의외로 빨리 대답이 왔다.

"지금 네가 행하고 있는 그 반대편의 것. 그게 정의고 애국이지."

장만석은 제 마음속으로부터 기어 나온 그 대답을 마주하며 희미하게 웃었다. 그것이 자신이 내린 대답이라고 순순히 믿을 수가 없었지만, 틀린 것은 아니었다. 그러나 그래서 어쨌다는 말인가. 조국이란 것이 내게 해 준 건 아무것도 없었다. 태어나서 철이 들 무렵에 보니 조국이란 이미 내 몫이 아니었다. 일본을 조국이라 해도 잘못이 아니었다. 그들의 속국이 되어 있는 조국이란 것 ─ 그것보다는 그 속국을 지배하고 있는 일본이 훨씬 위대해 보였다. 그런 그에게 애국이란 당연히 일본에 대한 충성에 닿아 있었다.

그런데!

마흔, 어디에도 미혹되지 않아 흔들림이 없다는 불혹不惑의 나이에, 갑자기 흔들리기 시작했다. 변화가 꿈틀거리기 시작한 것이다. 흔들려서는 안 되는 그 나이에 흔들린다는 건 무슨 뜻인가? 왜? 왜 흔들리는 건가? 빌어먹을! 그 아슬아슬한 흔들림에 유익건이란 존재가, 자신보다 고작 한 살밖에 더 먹지 않은, 그러나 모든 사람들로부터, 심지어 일본인들로부터도 존경의 대상이 되고 있는 인물이, 자신에 의해 하룻밤 사이에 지옥으로 떨어진 남자가 있었다.

'그가 왜?'

장만석은 그렇게 되물으며 자신의 집이 보이는 골목 안으로 발길을 밀어 넣었다. 골목 끝에서 한 떼의 아이들이 뛰어놀고 있었다. 한 아이가 나무로 만든 칼을 높이 들고 다른 아이들을 호령하고 있었다. 그의 외아들 용수였다. 용 용龍에 머리 수首 ─ 용의 머리. 서른 살에 그 아이를 낳았을 때, 그는 우두머리가 되어 달라는 간절한 소망을, 거친 욕망을 아이의 이름에다 심었다. 그때 그는 결코 우두머리가 될 수 없는 사람이었다. 아무리 기를 써도 되지 않는 우두머리 — 그것은 그가 가질 수 있는 최상의 욕망이자 운명적인 한계였다.

'쯧쯧… 이제야 실체를 알게 되다니….'

장만석은 외아들 용수의 기세등등한 모습을 보면서 씁쓸한 기분이 들었다.

'저 아이가 과연 우두머리가 될 수 있을까?'

자신에게 물었다. 될 수 없을 것이다, 라는 대답이 그의 뇌 안에서 메아리쳤다. 저 아이에게도 조국은 존재하지 않았다. 설사 장군이 된다 해도 점령군의 장군일 뿐이었다. 장만석은 조용히 침을 삼켰다.

'장군아, 장군아!'

그는 골목 안으로 들어서면서 자신이 붙인 아이의 별명을 거듭 불렀다. 아버지를 알아본 아이가 손에 들고 있던 긴 칼을 높이 치켜들고는 달려왔다. 마치 적군을 향해 돌격하는 장군과 같았다. 그 모습을 보는 장만석의 가슴 한구석이 서늘하게 비어 가고 있었다. 여느 때와는 확연히 달랐다. 가슴을 꽉 채우던 뿌듯함은 흔적도 없었다. 마흔 해의 생일을 맞이한 자에게 일어난 명징한 돌변이었다. 그러나 자신에게로 내달려 온 아이를 장만석은 번쩍 들어 올렸다. 아이는 더 이상 부러울 게 없다는 듯 아버지의 팔에 안겨 골목 안의 조무래기들을 내려다보았다. 아이들은 모두 부러운 눈으로 그를 올려다보았다.

"너를 진짜 장군으로 만들어 주겠다."

장만석이 팔에 안긴 아이의 눈을 지그시 바라보며 짓씹듯 내뱉었다. 하지만 그의 목소리에는 열망보다는 회한이 더 짙게 배어 있었다.

아이들을 놀게 하고 집으로 들어간 장만석은 유난히 피곤했다. 지난밤 유익건을 체포하기 위해 꼬박 밤을 샌 탓이었지만, 요다 같은 악랄한 형사에게 유익건을 넘겼다는 자책감까지 겹쳐져 정신마저 극도로 피곤했다. 그는 째깍거리는 소리를 유난히 내뿜고 있는 괘종시계를 누운 채로 멍하니 올려다보았다. 오전 10시가 지나고 있었다. 활짝 열어 놓은 창밖으로 골목에서 뛰노는 아이들의 고함소리가 고스란히 밀려 들어왔다.

"조센징, 넌 인마 조센징이야. 그러니 대일본제국의 아들이며 용감한 전사인 내게 무릎을 꿇고 머리를 내놓아라!"

아들 용수의 목소리를 듣는 순간 장만석은 목덜미가 뜨끈해졌다. 열 살짜리 아이가 내뱉을 수 있는 말이라고 믿어지지 않았다. 뒤이어 들려온 소리에 장만석은 그만 잠자기를 포기하고 말았다.

"픽!"

호박이 터지는 소리 같았다. 아니 그것은 분명히 호박이 터지는 소리였다. 초가지붕 위에 달려 있다 무게를 이기지 못해 땅바닥으로 사정없이 굴러 떨어져 박살이 나는 소리 — 그 소리를 감지하는 순간, 장만석은 벌떡 일어나 방문 앞에 내려진 발을 걷어 냈다. 대문이 쾅쾅 두들겨지고 있었다.

"장군이 아버지, 장군이 아버지!"

어린 누군가의 목소리였다. 그 목소리가 장만석을 찾고 있었다. 그는 마루를 내려가 게다짝에다 맨발을 끼워 넣었다. 그러곤 마당을 가로질러 대문을 벌컥 열었다. 그의 입이 딱 벌어졌다. 골목에는 아들 용수를 포함해 모두 일곱 명이 있었다. 두 명의 아이는 이마에 붉은 동그라미가 그려진 띠를 두르고 있었는데 그중 하나가 용수였다. 일본 무사를 흉내 내고 있음에 틀림없었다. 나머지 다섯 아이들 중 한 아이가 장만석의 집 대문 앞에 퍼질러 앉은 채 두 손으로 머리통을 감싸고 있었다. 머리를 감싸 쥔 아이의 손가락 사이로 검붉은 피가 흘러내리고 있었다. 아이는 소리를 내어 울 법도 한데 울기는커녕 겁에 질린 표정으로 연신 뒤에 서 있는 용수를 힐끔거릴 뿐이었다. 대문을 두드렸던 아이가 뒤쪽으로 손가락을 가리켰다. 그 아이에게 지목당한 것은 아들 용수였다.

"네가 얠 이렇게 만들었어?"

화가 나기도 하고 어이가 없기도 해서 아들을 내려다보는 장만석의 얼굴엔 스산한 웃음이 흩어졌다. 아이의 머리통을 후려쳤을 것임에 틀림없는 나무칼을 쥔 채로 아랫입술을 삐죽이 내밀고 서 있던 용수가 아버지의 눈을 날카롭게 째려보며 고개를 천천히 끄덕였다. 그제야 장만석은 다친 아이의 머리를 살펴보기 위해 허리를 굽혔다.

"아주 마음먹고 후려쳤구만."

혼잣말처럼 중얼거리는 장만석의 말소리가 쓸쓸히 땅바닥으로 떨어졌다. 그 순간 그는 지난밤 유익건에게 가해진 요다의 폭력을 떠올렸을지도 몰랐다. 장만석은 마치 초죽음이 된 유익건을 대하듯 머리가 깨진 아이를 가만히 안아 들었다.

아들 용수가 나무칼로 후려쳐 머리를 다치게 한 아이를 병원으로 데려가 치료를 받게 한 뒤 용수를 데리고 다친 아이의 집으로 가 부모에게 두둑한 치료비까지 건네준 장만석은 다시 집으로 돌아갈 기분이 들지 않았다. 그의 입가에는 쓸쓸한 웃음이 떠나지 않았다. 용수를 집으로 돌려보낸 그는 그 웃음을 거두지 못한 채, 서린동瑞麟洞에서 종로1정목丁目 대로를 건너가고 있었다. 건너편 청진동淸進洞에서 '백파百芭'라는 술집을 경영하고 있는 친구를 만나러 갈 요량이었다. 그에게 꼭 물어보고 싶은 게 있었다.

장만석은 골목 안으로 몸을 밀어 넣으며 친구의 얼굴을 떠올렸다. 그를 만나겠다는 생각 역시 마흔 살이 되며 느닷없이 닥친 변화의 한 자락일지 몰랐다. 사실, 그런 변화가 고작 하루 사이에 일어났을 리는 없다. 이미 오래전부터 시작되었다고 해야 옳을 것이다. 그러나 중요한 건 왜 지금 이 순간에 그 변화의 기미를 극심하게 느껴야 하는가, 라는 거였다. 이유는 자명했다. 유익건과 아들 용수 ― 그 둘이었다. 한꺼번에 파도가 밀어닥치듯 일어난 일련의 사건들이 그로 하여금 변화를 채근한 것이다. 요다의 손에서 힘 한 번 써 보지 못하고 축 늘어져 버린 유익건과 일본 무사의 흉내를 내며 친구의 대갈통을 박살내 버린 어린 아들 — 이 연결될 수 없는 두 개의 이질異質이 그의 생각 속에서 결연하게 손을 잡고 있었다.

잃어버린 조국을 되찾으려고 위험을 무릅쓴 유익건은 일본제국의 충복으로 하루하루를 살아가는 그에게는 분명히 적이었다. 그러나 그 자신 조선사람인 이상, 아무리 일신을 의탁하고 있다 해도 일본제국은 당연히 그에게도 적이었다. 적국인 그 일본의 무사 나부랭이를 자신의 아들이 흉내 내고 있다는 것은 스스로 적이 되겠다는 무모함에 다르지 않았다. 유익건도 적이고, 자기 자신과 자신의 아들까지 적이 되고 마는 기묘한 상황 앞에서 장만석은 깊고 짙은 한숨을 뽑아냈다.

"젠장!"

그는 연신 머리를 흔들며 걸음을 옮겼다. 골목에서 벗어나자 다시 큰길이 나타났고, 거기서 좌측으로 꺾어 예순 걸음쯤 걷다가 종로소학교 앞길에 이르렀을 때 우측으로 재판소로 내려가는 골목이 보였다. 그 골목 입구에 두 개의 술집이 있는데 안쪽이 살롱 '백파'였다. 파초 백 그루란 뜻의 그 이름은 파초를 병적으로 좋아하는 친구 구상옥具常鈺의 괴이한 취미를 그대로 대변했다. 소학교를 마치자마자 부친을 따라 중국으로 건너가 뼈 빠지게 고생도 해 보고 한때는 독립운동단체에도 가담한 적이 있던 그는 모든 걸 정리하고 조선으로 돌아와 술집을 열었다. 참 기이한 것은 가난 때문에 중국으로 건너갔던 그가 별로 성공할 이유도 없고 성공한 것 같아 보이지 않았음에도 조선으로 돌아와서는 근사한 살롱을 차렸다는 사실이었다.

아직 이른 시간이라 살롱의 문은 굳게 닫혀 있었다. 쇠불알만 한 자물통이 채워진 출입구의 유리문에다 얼굴을 바짝 디밀고서 안을 들여다보고 있던 장만석은 어둠이 짙게 깔린 텅 빈 홀 한쪽 구석에 뭔가 반짝하고 빛나는 것을 보았다. 담뱃불이었다. 그런데 하나가 아니라 둘이었다. 순간 장만석의 후각이 무슨 냄새인가를 맡았다.

'누굴까?'

그는 홀의 구석 쪽을 더 잘 볼 수 있도록 창문가로 천천히 발길을 옮기다가 자물통을 건드리고 말았다. 철커덩하는 소리가 요란하게 터져 나왔다. 순간, 홀의 두 줄기 빛이 혼란스럽게 흔들렸다. 그는 잽싸게 창을 벗어나 골목 밖으로 뛰쳐나갔다. 그러곤 골목으로 꺾이는 담벼락에 붙어 서서 살롱의 출입구를 주시했다. 잠시 뒤, 술집과 연이어 붙은 이층집의 대문이 삐걱거리는 소리를 내며 열렸다.

먼저 밖으로 나온 건 주인인 구상옥이었다. 그의 얼굴이 좌우로 천천히 돌아가고 있을 때 그 뒤에 한 신사가 나타났다. 빠짝 치켜깎은 단발인 줄 알았는데 구상옥과 작별인사를 나누며 옅은 회색 맥고모자를 벗었다 다시 쓰는 순간에 드러난 신사의 머리는 훤했다. 얼핏 대머리인 것 같았지만 중처럼 빡빡 민 것처럼 보였다. 코밑에서 턱까지 입 주변을 둥글게 감싸고 있는 검고 무성한 수염은 빡빡머리만큼이나 인상적이었다.

'그럼 저자가?'

신사의 수염을 확인하는 순간 장만석의 뇌리에 한 인물이 번개처럼 스치며 지나갔다. 화렴和廉 ─ 중국계 조선인으로, 나이는 마흔셋. 독립운동가이며 공산주의 운동가. 1936년 중국 연안延安의 홍군육군대학을 졸업하고 팔로군 총사령부 작전과장으로 있다가 포병부대를 창설하여 단장으로 취임한 그 유명한 무정武亭 막후에서 무술과 유격훈련을 담당한 사람. 1921년 창설된 좌익단체 '서울청년회'가 8년 뒤 해체되면서 '중앙청년동맹'에 흡수되었을 때 그 해체와 흡수의 과정에 깊숙이 개입했음은 물론, 조선 내의 거의 모든 좌익단체에 연줄을 대고 있는 사통팔달의 인물 ─ 바로 그였다. '꼬르뷰로 국내부'와 '화요회', 그리고 '북풍회'가 1925년 합동을 결의하고 김재봉에 의해 '조선공산당'이라는 결집체 안으로 모여들 때 그의 나이는 25세에 불과했다. 그러나 기세등등하던 조선공산당이 신의주에서 곧바로 해체되고, 2차 조공, 3차 조공에 이어 제4차 조공까지 실효를 거두지 못한 채 해체의 과정으로 돌입했을 때 그는 독자적인 노선을 선언하고는 감쪽같이 사라져 버렸다.

그런데 화렴에 대한 기억이 장만석의 뇌리에 깊이 각인되어 있는 까닭은 무엇일까. 물론, 지금 눈앞에 있는 화렴을 장만석이 마주친 적은 없었다. 그럼에도 그를 단번에 알아본 까닭을 찾으려면 7

년 전, 장만석이 일본 경찰에 투신한 1934년 겨울로 돌아가야 한다. 그는 그때 한 사람의 사진을 뚫어지게 들여다보고 있었고, 그 사진 속의 주인이 바로 화렴이었다. 화렴은 일경이 혈안이 되어 찾고 있던 수배자였다. 그 사람이 조선으로 들어와 무슨 일을 하고 있는지는 아무도 몰랐다. 일본 경찰이 파악하고 있던 것은 1930년 이전, 그러니까 그가 모든 좌익 세력들과의 연대를 청산하기 이전의 것들 뿐이었다. 1934년까지의 그 어떤 궤적도 표면에 나타나지 않고 있었던 것이다.

그는 하나의 풍문이고, 전설이었다. 그중에서도 쿵푸의 달인이라는 것이 가장 전설다운 부분이었다. 풍문은 지나치게 그를 과장시켜 놓고 있었는데, 가령 그의 나이가 백 살이 넘었다거나, 절대로 총을 가지고 다니지 않는 이유는 굳이 그걸 갖고 다닐 필요가 없다는 것 등, 사실이 아닐 가능성이 컸지만 그래서 더 신비로워지는 것들이었다. 그는 오직 손과 발만으로 상대를 거꾸러뜨릴 수 있고, 마음만 먹으면 아주 쉽게 생명을 잃게 만들 수도 있다는 대목은 사실 관계를 떠나 사람들의 마음을 흔들기에 충분한 이야기였다. 기이하게도 그 풍문들 속에는 그가 사회주의자라는 사실을 부인하는 것도 들어 있었다. 아무튼, 그가 사람들 사이에서 얼마나 과장되어 있었는가는 중요한 일이 아닐지 몰랐다. 적어도 장만석, 그에게만큼은.

화렴의 사진을 처음 보았던 1934년 겨울부터 지금까지, 기실 장만석은 단 한 순간도 그를 잊은 적이 없었다. 화렴이란 자는 바로 전날 잡아들인 유익건보다 훨씬 잡아 보고 싶은 욕망을 일깨운 인물이었다. 그것은 그가 유익건만큼이나 장만석의 마음에 존경의 염을 일으키는 인물이라는 반증이었다. 그런데 그가 바로 코앞에서 자신의 거의 유일한 친구와 작별의 악수를 나누고 있었다.

장만석은 마른 침을 한 번 깊게 삼키고는 벽에다 등을 기댄 채 하늘을 올려다보았다.

'어떻게 한다?'

절호의 기회임에는 틀림이 없었다. 그러나 화렴이란 자는 그를 잡으려는 사람의 그림자와 같은 존재다. 바로 곁에 있으면서도 잡으려 달려들면 꼭 그만큼씩 달아나 끝내 잡히지 않는 그림자. 하지만 장만석은 그림자를 잡는 법을 알고 있었다. 스스로 몸을 던지는 것이다. 그 스스로 그림자가 되는 것 ─ 하지만 그것은 포획이 아니라 추락일 수도 있었다. 그림자를 포획하는 순간 자신의 존재 역시 그 속으로 함몰되어 버릴 것이기 때문이다. 구상옥을 만나기 위해 살롱 '백파'로 발길을 옮겼던 이유가 무엇이었는지를 장만석은 새삼스레 떠올렸다. 그것은 함몰도 추락도 아닌, 장만석이라는 인간 본연의 자리를 찾기 위한 것이었다.

'부딪쳐 볼까?'

그런 생각이 순간적으로 일었다. 만약 지금 공격을 한다면 화렴을 체포할 수도 있을 것이다. 그가 총알을 피할 수 있을 만큼 무술이 뛰어나다는 것은 믿을 수 없는 전설일 뿐, 장만석의 마음을 흔들지는 못했다. 그의 바지 뒤춤엔 26년식 리볼버가 꽂혀 있고, 거기엔 여섯 발의 총알이 고스란히 장전되어 있었다. 그러나 그를 체포하는 순간, 장만석 자신도 더 이상 다른 방법을 찾을 수 없게 되고 말 것이란 생각이 거칠게 밀려들었다. 일경의 개 노릇이나 하면서 일생을 끝낼 수밖에 없을지도 몰랐다. 그런 점에서 화렴은 장만석의 운명을 거머쥐고 있는 존재였다. 몸과 그림자의 관계가 그렇듯. 이제 분명해졌다. 장만석이 친구 구상옥을 찾아간 데는 다른 이유가 없었다. 화렴과 같은 존재를 만나기 위해서였다. 이 땅을 소리소문 없이, 흔적 하나 남기지 않고 떠날 수 있는 명확한 빌미를 구하려 한 것이란 사실을, 장만석은 확신했다. 뜻밖에도 지금 그 일이 천운처럼 다가와 있었다.

그는 손등으로 입술을 닦아 냈다. 그러곤 깊이 숨을 들이쉬었다. 부딪쳐 보자던 그의 생각은 완전히 굳어졌다. 그를 체포하든가, 아니면 그로부터 어떤 식으로든 구원의 방도를 구하든가. 적어도 유익건의 체포로 빚어진 알 수 없는 곤혹스러움을 다시 받고 싶진 않았다. 이제 유익건을 체포한 공로로 경찰이면 누구나 받고 싶어 안달이 난 총독의 표창을 받을 것이다. 그러나 이 땅, 이 무기력한 조선이라는 나라는 가장 확실한 독립운동의 후원자 한 사람을 잃게 되는 것이다. 훈장과 믿음의 상실 사이에 놓인 깊은 벼랑이 장만석의 가슴을 공포에 비견할 만한 실망감에 젖게 했다. 그것은 죄책감 따위의 감상이 아니었다. 그가 품었던 최상의 희망, 절대의 희망이 한순간 절망으로 돌변해 버린 것이다.

"잘 있었나?"

장만석은 결심을 굳히는 순간 곧 결행에 돌입했다. 그는 골목을 돌아 들어가며 곧장 살롱 앞으로 걸어갔다. 막 작별의 악수를 나누고 손을 떼어 낸 화렴과 구상옥의 눈이 그에게로 쏠렸다.

"어, 흐, 자네, 자네가 웬일이야?"

구상옥이 금세 표정을 바꾸며 장만석에게로 몸을 돌렸다. 그러면서 화렴에게 나지막한 소리로 중얼거렸다. 중국말이었다. 화렴이 앞으로 걸어오는 장만석에게 의미심장한 미소를 던졌다. 구상옥은 얼른 장만석에게로 손을 내밀었다. 장만석은 그의 손을 마주 쥐고 있었지만 눈길은 화렴의 눈에서 떼어지지 않았다. 구상옥과 마주 잡았던 손을 풀며 장만석이 물었다.

"이분은 누구신가? 조선 분이 아닌 것 같구먼."

그러자 구상옥이 당황한 표정을 감추며 화렴에게로 눈길을 돌렸다. 그러곤 나직이 말을 건넸다. 이번엔 중국말이 아니었다.

"선생, 이쪽은 장만석이라고, 제 어릴 적 동무입니다."

구상옥의 말을 듣고 화렴이 장만석에게로 손을 쑥 내밀었다. 장만석은 자신이 놓친 중국말이 궁금했다. 물어볼까도 싶었지만, 아직 때가 아니었다.

"이보게 만석이, 이분과는 지금 막 헤어지려던 참이었다네. 얼른 배웅을 하고 우린 안으로 들어가지."

구상옥은 장만석을 슬쩍 바라보고는 화렴과 다시 악수를 나누었다. 화렴은 별달리 조급한 행동을 보이지 않은 채 태연하게 그와 악수를 나누었고, 쓰고 있던 맥고모자의 창을 가볍게 한 번 들어 보이고는 장만석이 들어왔던 골목을 향해 천천히 걸음을 떼어 놓기 시작했다.

　"화렴 선생!"

　장만석이 신사의 뒷모습을 물끄러미 바라보고 있다가 툭 뱉었다. 중국계 조선인의 걸음이 멈추었다. 일순 골목 안의 공기가 심상치 않았다. 이건 누구에게 더 위기의 순간일까? 화렴은 그때 생각했었다. 구상옥이 중국말로 옮겨 준 말은 "리지앙日警 시앙시刑事"ー 일본경찰이란 거였다. 그 말을 듣는 순간 화렴은 준비를 하고 있었다. 그의 바지주머니에는 언제든 던져질 준비를 갖추고 있는 예리한 단도가 들어 있었다. 그러나 사내가 형사인 이상 언제든 발사할 수 있는 권총이 준비되어 있을 터였다. 그걸 모를 리 없는 화렴이었다. 짧고 견고한 적막이 골목을 뜨겁게 휘돌았다. 화렴이 천천히 돌아섰다. 그의 얼굴에는 기묘한 미소가 어려 있었다. 돌아서는 화렴을 주시하는 장만석의 눈길은 화렴의 손이 찔러져 있는 바지 주머니로 향해 있었다. 화렴의 주머니가 꼼지락거리고 있었다.

　"이대로 헤어지기엔 좀 아쉽지 않습니까?"

　장만석이 선수를 쳤다. 장만석의 말에 주머니 속에서 꼼지락거리던 화렴의 손길이 멈추었다.

'뭐지?'

중국계 조선인의 눈동자가 그렇게 말하고 있었다. 장만석에게 선부른 공격을 가한다는 게 무의미하다는 걸 그는 알고 있었다.

"내게 볼일이라도 있는 거요?"

화렴이 주머니에서 슬그머니 손을 빼내며 물었다. 바짝 긴장하고 있던 구상옥에게로 장만석이 고개를 돌렸다.

"자넨 예의를 모르는 사람이군."

구상옥의 눈이 둥그렇게 떠졌다.

"아, 난 말이야… 자네가 날 보러 왔다고 생각했었지. 화렴 선생을 알고 있다곤 생각지도 못했어. 그래서 소개까지 할 필요가 있나, 했지."

구상옥이 말을 더듬으며 어쭙잖은 변명을 늘어놓았다.

"선생, 시간이 있습니까? 저와 술이라도 한잔 하실 수 있는지 모르겠군요. 사양하지 말았으면 합니다."

장만석은 구상옥의 구차한 변명 같은 건 듣고 싶지 않았다. 그는 우두커니 서 있는 화렴에게로 다가갔다. 화렴이 천천히 고개를 끄덕였다.

"칼자루는 그쪽이 쥐고 있는 것 같군요. 그러니 내가 거절할 수는 없는 일이겠죠."

정확한 우리말이었다. 화렴은 살롱 앞으로 가볍게 걸음을 옮겼다. 장만석의 입가에 싸늘한 미소가 어렸다가 지워졌다. 구상옥은 주머니에서 얼른 열쇠뭉치를 꺼내 살롱 입구에 붙은 자물통 구멍에다 열쇠 하나를 밀어 넣었다. 그러면서도 그는 연신 화렴에게 중국말로 뭐라고 속삭였다. 화렴은 활달하게 웃으며 구상옥에게 조선말로 말했다.

"구 형이 자꾸 그러니 우리 장 선생께서 의심만 하시지요. 다 알아들을 수 있게 조선말로 합시다. 하하하!"

그의 말에 머쓱해진 구상옥은 장만석을 돌아보며 어색한 웃음을 흘렸다. 장만석이 그런 그에게 한쪽 눈을 찡긋해 보였다.

세 사람은 구석 자리에 놓인 둥근 탁자를 사이에 두고 둘러앉았다. 잠시 어색한 침묵이 오간 뒤, 화렴이 장만석에게 물었다.

"장 선생께서 하찮은 저를 어떻게 알아보셨는지 궁금하군요. 혹시, 체포하러 온 길이었던 건 아닙니까? 제가 여기 나타날 거란 첩보라도 있었던가요?"

"체포라구요? 첩보라구요? 하하하, 천하의 화렴 선생을 나 같은 조무래기 형사가 체포라니, 당치도 않은 말씀. 그리고 그런 첩보가 들어올 정도라면 이미 천하의 화렴도 한물갔다는 얘기가 되는 거지요. 그건 비극이지요, 비극, 푸하하."

화렴이 운을 떼기 무섭게 장만석은 마치 칼로 찌르듯 날카롭게 맞섰다. 그의 예민한 후각은 이미 화렴이 자신의 정체를 간파하고 있다는 냄새를 맡고 있었다. 그건 화렴 또한 마찬가지였다. 조선사람으로 일경에서 형사노릇을 한다는 게 만만한 일이 아니란 건 익히 아는 바였다. 그 사실이 화렴으로 하여금 괜한 신경전을 벌일 필요가 없다는 결론에 이르도록 만들었다. 화렴의 얼굴을 스치며 지나가는 희미한 미소를 낚아채며 장만석이 고개를 앞으로 쑥 밀었다.

"그동안 어디 계셨습니까?"

뜻밖의 질문이었다. 그리고 그건 이미 당신의 체포 따위엔 관심이 없습니다, 라는 표시이기도 했다. 그 순간, 화렴은 대체 장만석이란 작자의 본심이 뭘까, 하고 자문했다. 짚히는 구석이 있을 법했지만 서두르지는 않았다.

"여기저기, 이곳저곳."

화렴은 장난치듯 대답하고는 담뱃불을 댕겼다. 장만석의 고개가 흔들렸다.

"뭘 하시면서 여기저기, 이곳저곳을 돌아다녔습니까?"

그렇게 묻는데 주방에서 구상옥이 위스키 병을 가슴에 안고서 두 사람이 앉아 있는 구석 자리로 걸어왔다. 그의 양손에는 두툼한 유리잔 세 개가 들려져 있었다. 잠시 구상옥 쪽으로 돌려졌던 장만석의 시선이 화렴에게로 다시 향하며 대답을 기다리는 눈빛을 보냈다. 화렴이 입 주변을 둥글게 감싸고 있는 수염을 쓰으 훑어 내고는 예의 장난기 어린 대답을 던졌다.

"이것저것, 이 일 저 일, 백수건달이 할 일이 따로 있겠소?"

그의 말에 장만석이 소리 없이 웃었다. 물론 제대로 된 대답을 기

대하진 않았다. 그 때문이었을까, 오히려 장난을 빙자한 그의 대답
에 실망한 눈치였다.

"이러면 얘기가 안 되겠군요."

장만석의 얼굴에 희미하게 남아 있던 웃음기가 사라졌다. 그것은
더 이상 장난을 치지 말자는 신호였다.

"선생, 내가 어제 거물 하나를 잡아들였는데 누군지 짐작하시겠
습니까?"

장만석의 뜬금없는 말에 술을 따르던 구상옥의 손길이 순간적으
로 떨렸다. 하지만 화렴은 고개를 약간 숙인 채 눈을 한 번 껌뻑였
을 뿐 그리 놀라지는 않았다. 알고 있구나. 그런 확신이 장만석의 뇌
리를 스치고 지나갔다. 화렴이 조선으로 들어온 건 나흘 전이었다.
그리고 바로 어젯밤, 그의 단도에 어떤 남자 하나가 비명조차 지르
지 못한 채 이승을 떠났다. 최이락이었다. 헌데 그는 보기보다는 의
리가 강했던지 자신이 빌붙던 장만석이란 언덕에 대해선 끝내 발설
하지 않았다. 바로 그것이 오늘 장만석과 화렴의 만남을 가능하게
했다는 사실을, 물론 장만석은 알고 있지 못했다.

"그 거물이란 자가 누굽니까?"

화렴이 술잔 하나를 집어 들며 침착하게 물었다. 장만석도 손가
락 끝으로 유리잔을 가볍게 집어 들었다. 그러곤 잔에 든 불그레한
액체를 입속에다 털어 넣었다. 독한 알코올이 목 줄기를 타고 넘어
가는 동안 그의 생각도 빠르게 움직였다. 대답을 들려주고 난 뒤에

나타날 화렴과 구상옥의 반응을 몇 가지로 예상하면서 장만석은 입을 뗐다.

"강릉 유 씨 집안에 익 자, 건 자 쓰는 양반인데, 그 이름을 모르지는 않겠죠?"

장만석의 눈길이 구상옥과 화렴 사이를 빠르게 움직여 갔다. 그런데 뜻밖에도 두 사람은 놀라움은커녕 약속이라도 한 듯 그게 뭐그리 대수로운 일이냐는 표정을 지어 보였다. 장만석은 마치 둔기로 뒤통수를 얻어맞은 것처럼 멍했다. 그의 빈 술잔에다 술병을 기울이며 침묵을 지켜 오던 구상옥이 입을 뗐다.

"만석이 자네가 유익건 선생을 체포했다는 말이지?"

장만석은 구상옥의 물음에 대답을 하지도, 고개를 끄덕이지도 않았다. 하지만 구상옥 역시 장만석으로부터 대답을 기대하진 않았던 듯 곧바로 질문을 던졌다.

"유 선생 체포한 걸 알려 주려고 설마 여길 찾아온 건 아닐 테지?"

구상옥의 눈빛이 날카롭게 빛을 발했다. 곁에 앉은 화렴은 별다른 반응을 보이지 않은 채 묵묵히 술잔을 찔끔찔끔 입술에 댔다가 떼는 동작을 반복할 뿐이었다.

"꼭 그런 건 아니지."

장만석은 쓸쓸하게 웃었다. 그 순간 구상옥이 장만석의 손을 꽉 잡으며 낮게 속삭였다.

"뭐가 켕기는 게 있구먼. 흔들리고 있어. 자네 같은 철면피가 위스키 한 잔에 얼굴을 붉히는 걸 보니. 사람이란 자기가 할 일을 좋든 싫든, 나쁘건 나쁘지 않건, 묵묵히 해낼 때 아름다운 법이지. 지금까지 자넨 충분히 그렇게 해 왔어. 그런데 왜 갑자기 나타난 건가? 술집이 문을 열려면 아직 대여섯 시간은 더 있어야 하는데, 이렇게 이른 시간에 찾아온 까닭이 뭐지? 동무의 우정이 필요했던가? 아니면 돈? 아니면 나를 자네 끄나풀로 만들고 싶어서?"

그때까지와는 완연히 다른, 소름이 끼치도록 차가운 구상옥의 음성을 들으며 장만석은 마치 꿈을 꾸고 있는 듯했다. 이럴 수는 없었다. 이렇게 심한 말을 듣고도 장승처럼 가만히 있는 자신이 믿기지 않았다. 자신이 구상옥으로부터 이런 대접을 받는다는 건 상상도 할 수 없는 일이었다. 하지만 구상옥은 고삐를 늦추지 않고 다시 밀고 들어왔다.

"유익건이는 사실 내 손에 척결될 수도 있었지."

그 말에서야 비로소 장만석의 눈이 확 뜨여졌다. 뭔 뚱딴지 감자 까먹는 소리를 하느냐는 듯 장만석이 구상옥을 노려보았다. 화렴과 구상옥의 반응을 살피기 위해 유익건의 체포라는 수를 던졌던 장만석은 오히려 그들로부터 역습을 받은 꼴이 되고 말았다. 그 때문이었을까, 유익건에 대해 늘어놓고 있는, 그로서는 아직 들어 본 적이 없는 구상옥의 말을 장만석은 멍하니 듣기만 했다. 구상옥의 입에서 흘러나온 얘기는 유익건이란 자에 대한, 아직껏 그의 귀로 들어 본 적 없는 것들이었다. 말하자면, 그것은, 꼭꼭 숨겨 두어 도저히 밖으로 새나올 수 없는 비밀스럽고도 비밀스런 이야기였다. 어디까지 믿어야 하는지 알 수가 없는.

구상옥이 들려준 이야기의 핵심은 유익건이란 자가 일본경찰만이 아니라 좌익세력들로부터도 표적의 대상이 되고 있다는 것이었다. 20여 년 전인 1918년, 하바로프스크에서 이동휘가 주축이 되어 박애(마다베이), 박진순(미하일 박), 이한영, 김립 등이 조직한 사회주의단체 '한인사회당韓人社會黨'이 코민테른에까지 대표를 파견했을 때 일제에 강점당한 이 땅은 이미 이념적으로 분열되기 시작했다. 그러나 코민테른이 건네준 지원금을 둘러싸고 이르쿠츠크파 고려공산당과의 마찰이 일어나면서 당수였던 이동휘가 상하이로 건너가 대한민국 임시정부의 초대 국무총리에 취임하고 그로부터 3년 뒤 '한인사회당'을 모체로 상하이파 고려공산당을 결성하자 잠시 나라를 찾으려는 의지가 하나로 결집되는 양상을 보이기는 했다. 이동휘가 소련으로부터 지원받은 2백만 루블 중 40만 루블을 임의로 유용해 물의를 빚고 상하이를 떠나 시베리아에서 병사한 것은 1928년 — 장만석에게 체포되어 요다라는 잔악한 일인 형사의 고문에 의해 참담한 몰골로 변해 버린 유익건의 나이 23세 때의 겨울이었다. 누군가 청년 유익건을 찾아와 꼬르뷰로[고려국高麗局]의 일원이 되어 줄 것을 청하였던 적이 있었는데, 그가 바로 조금 전, 유익건은 자신의 손에 척결될 대상이었다는 말을 흘려 놓은 구상옥이었다. 그리고 그의 배후에 화렴이 있었다.

"만석이 자네가 일본경찰의 정식 형사가 되고 싶어 안달이 나 있을 때, 난 유익건을 만난 적이 있다네. 내가 그를 왜 찾아갔을까?"

장만석의 손을 슬며시 부여잡은 구상옥이 손길에 힘을 넣었다.

"말해 주지."

그는 장만석의 대답을 기다리지 않은 채 코를 한 번 실룩거린 뒤 말을 이었다.

"내가 유익건에게 청한 건 꼬르뷰로에 가입해 달라는 거였지. 정식으로 가입하기가 싫다면 그 사람의 부라도 이용하고 싶었던 게 솔직한 심정이었다네. 자네도 알고 있겠지만, 그의 방대한 재산들은 결국 노동자를 착취해 긁어 모은 것이고, 그러니 그들을 위해 다시 쓰여야 한다는 건 당연한 사실이지. 그런데 유익건, 그 인간은 일언지하에 거절했어. 왜? 우리가 사회주의자였기 때문에? 후후, 천만의 말씀. 그는 자신의 부를 빼앗기고 싶지 않았던 거야."

구상옥의 얼굴이 심하게 일그러지고 있었다. 그러나 그 얼굴을 바라보고 있는 장만석의 심정은 몹시 혼란스러웠다. 우선, 옛친구가 사회주의자라는 사실 때문이었다. 그걸 까맣게 모르고 있었던 자신이, 이렇게 나타나 어줍게 껍죽거리고 있었다는 사실에 아득해질 뿐이었다. 그래서인지 유익건에 대한 구상옥의 질긴 증오가 오히려 무덤덤하게 느껴졌다. 그러나 유익건에 대한 구상옥의 증오는 의외로 깊었다. 그것은 이데올로기의 문제도 아니었다. 유익건이 자신의 요청을 거부했기 때문도 물론 아니었다. 구상옥의 눈에 비친 유익건은 오직 부의 박탈을 염려하는 한낱 졸부의 꼬락서니였고, 조국에 대한 애정이니 독립투쟁 따위는 자신이 졸부가 아님을 내세우기 위한 초라한 변명에 불과하다는 것 ─ 바로 그 때문이었다.

"이봐 상옥이, 좀 심한 거 아니야?"

장만석이 그답지 않게 어눌한 말투로 묻자마자, 구상옥의 눈시울이 격렬하게 실룩거렸다. 그러곤 마치 한 대 치겠다는 듯 주먹을 들었다가 테이블을 꽝하고 내리쳤다. 그는 더욱 싸늘한 표정을 지으며 뱉어 냈다.

"심하다고?"

그의 눈초리를 바라보고 있기가 뭣해 슬쩍 화렴에게로 눈길을 돌리자 기다렸다는 듯 이번엔 화렴의 독설이 시작됐다. 그들은 마치 포위망에 들어온 여우를 바라보는 노련한 사냥꾼과도 같았다.

"장만석 씨. 당신은 민족주의자라는 허울을 쓰고 살아온 한 장사꾼을 체포하기 위해 칠 년이란 시간을 바친 거요. 그래서 당신이 얻은 건 뭡니까?"

이건 또 무슨 개뼈다귀 같은 소린가.

"이제 얼마 있지 않으면 당신은 희대의 변절자를 구경하게 될 거요."

"변절자?"

장만석은 그 변절자라는 말이 누구를 지목하고 있는지를 알 수 없었다. 물론 화렴이 지목한 것은 유익건일 터였다. 화렴이 유익건을 변절자로 지목하고 있다는 건 말의 논리상 맞아떨어졌다. 하지만 장만석으로서는 그 사실을 인정할 수도 없고 인정해서도 안 되었다. 유익건이 변절자가 되어선 안 되었다. 그는 독하게 맞서다가 장렬하게 전사해야 할, 조선의 선구자여야 했다.

"지나친 예상이군요."

장만석은 그렇게 맞섰지만 자신이 없었다. 화렴의 얼굴에 알미운 미소가 드리워지고 있었다.

"이 사람 아직 정신을 못 차리고 있구먼. 그래 가지고 왜놈들 사이에서 버텨 냈다는 게 믿어지지가 않는걸."

완전한 역전이었다. 장만석은 어쩌다 사태가 이 지경에 이르렀는지 이해할 수 없었다.

"조안만코쿠張安萬石, 장만석 형사, 당신은 허깨비를 쫓고 있었소. 난 지금 당신이 유익건을 쫓은 이유를 얘기하고 있는 거요. 시간이 지나면 햇볕처럼 훤히 드러날 테니 이 얘긴 더 이상 거론할 필요 없고."

화렴은 찔끔거리던 위스키 잔을 한꺼번에 털어 넣고는 재떨이 속에 담겨진 담배꽁초 여러 개를 집어 냈다. 그러곤 그것들을 위아래로, 좌우로, 흩어놓았다. 그의 손가락은 맨 위쪽에서 아래쪽으로 차례로 움직였다.

"여기 유익건이가 있소. 그리고 여기가 도장 가게 인해당 지배인으로 있는 방홍모. 그 다음이…"

화렴의 눈이 장만석에게로 건너왔다.

"이게 누군지 알겠소?"

화렴의 손가락이 닿은 곳에 담배꽁초 하나가 뎅그렇게 놓여 있었다. 그것은 마치 생명이 붙어 있는 것 같았다.

"모르겠다? 흐흐, 모르시겠지."

기분 나쁜 웃음이 흐르는 화렴의 눈길이 구상옥에게로 건너갔다. 그러자 구상옥은 품에서 사진 한 장을 꺼내 장만석 앞으로 내밀었다. 어둠에 묻힌 사진의 주인은 누구인지 확인하기 힘들었다. 장만석이 멍하니 사진 앞으로 고개를 내밀자 구상옥이 성냥을 그었다. 팍, 하고 일어나는 불빛에 젊은 한 남자의 얼굴이 드러났다. 장만석의 입이 천천히 벌어졌다.

"이건."

"알아보겠어?"

"이 사람이 왜?"

장만석은 테이블 위에 놓인 사진을 거칠게 집어 들며 고개를 반딱 들었다. 그 사진 속의 인물은 바로 최이락이었다. 장만석이 숨겨 놓은 심복 ─ 전날 화렴의 단도에 비명조차 지르지 못한 채 죽었다는 사실을 까맣게 모르는 장만석은, 최이락을 화렴이나 구상옥이 알고 있다는 사실에 기가 질렸다. 어쨌든, 지금 화렴의 말은 그 최이락이 유익건과 이미 오래 전에 모종의 관계를 맺고 있었다는 걸 지적하고 있었다. 장만석의 머릿속은 엉킨 실타래처럼 복잡해져 있었다. 그는 헝클어진 실타래를 풀어 내기 위해 생각을 모았다.

최이락을 유익건에게 접근시킨 건 장만석 자신이었다. 유익건을 잡아들이기 위한 덫을 놓은 거였다. 상하이에서 구입한 박은식의 『안중근의사 전기』를 국내에서 출간하기 위한 자금을 대줄 것을 유익건에게 요청하게 한 것이다. 그리고 유익건은 그 덫에 걸렸다. 장만석이 알고 있는 최이락과 유익건의 관계는, 그 이상도 그 이하도 아니었다. 그런데 지금 화렴의 얘기는 뭔가? 화렴의 얘기를 이리저리 그러모은 장만석은 주먹 하나는 들어갈 만큼 입을 벌렸다.

어느 날, 최이락이 장만석에게 제안을 했다. 뭐든 혐의를 씌워 유익건을 체포하고 싶어 한다는 걸 잘 알고 있던 최이락이 묘한 미끼를 던진 것이다. 그것이 상하이에서 금서를 하나 갖고 왔으니 그 출판과 자금 동원을 유익건에게 슬쩍 부탁하자는 거였다. 만약 성사가 된다면 최이락은 빠지고 장만석이 나타나 유익건을 체포한다는 발상이었다. 장만석이 쾌재를 부르지 않을 도리가 없었다. 하지만 거기에 또 다른 덫이 있음을 천하의 장만석도 까맣게 모르고 있었다. 장만석이 까맣게 모르고 있던 사실 하나는 최이락이란 자가 유익건 밑에서 오랫동안 일을 봐주며 경찰의 동향을 살펴 오고 있었다는 것이고, 다른 하나는 최이락이 십여 년 전부터 유익건의 척결을 표적으로 삼아 왔던 구상옥과 화렴이 속해 있는 사회주의 테러 조직 '흑조회黑潮會'의 포충망에 걸려 있었다는 거였다. 박은식의 금서 출판에 관련된 덫을 맨 처음 기획한 것은 흑조회였다. 그 덫은 일거에 몇 마리의 눈먼 새를 낚을 수 있는 요긴한 작전이었다. 그 덫에 유익건은 물론이고 장만석까지 걸려 있었다. 그리고 흑조회 소속의 구상옥과 화렴은 덫의 흔적을 지우기 위해 전날 밤 최이락을 깨끗이 없애 버렸다.

"그렇다면, 최 군이 유익건 선생과 이미 오래 전에 교통하고 있었다는 말입니까?"

설명을 듣고 난 장만석이 얼떨떨한 표정으로 묻자 화렴이 묵묵히 고개를 끄덕였다.

"어떻게 말입니까?"

"당신은 최이락을 얼마나 알고 있소?"

화렴이 장만석의 물음에는 대답하지 않고 그렇게 되물었다. 장만석이 고분고분 말했다.

"가난한 문학도였어요. 조선 문협의 회원이었고. 그리고… 내 일에 많이 협조해 준 사람이었어요."

"협조? 어떤 식으로?"

장만석은 한동안 말없이 머뭇거리기만 했다. 최이락을 알게 된 것은 3년 전이었다. 조선 문협에서 조선의 문학작품을 일본어로 번역하는 일을 맡고 있던 소설가 정 아무개로부터 최이락을 소개받았다. 1934년에 설립된 조선역사 연구단체인 '진단학회震檀學會'를 와해시키기 위한 공작의 일환으로 기관지인 '진단학보'를 면밀히 검토하는 작업에 그 최이락이란 자가 동원되었는데, 그 공작이 비집고 들어갈 틈이 없다는 사실을 발견하고 흐지부지 된 뒤, 최이락은 장만석의 끄나풀 노릇을 하게 되었던 것이다.

"내 말 잘 들으시오, 장 선생."

그렇게 운을 뗀 화렴은 예의 흩어 놓은 담배꽁초들을 하나하나 가리키며 얘기를 시작했다.

"여기, 유익건의 밑에서 인해당의 운영을 맡던 방흥모란 사람, 이 사람이 누구냐, 쉽게 말해서 채권 장수요. 한때 동척東拓에 근무한 적이 있었던…"

한번 얘기를 시작한 화렴은 유익건의 비리에 관한 한 박통한 사람이었다. 장만석은 멍한 기분이 되어 미처 자신이 파악하지 못했던 유익건의 과거에 귀를 놓을 수밖에 없었다.

1908년, 일본은 조선의 경제를 독점하고 자본을 착취하기 위해 동양척식회사東洋拓殖會社라는 특수 국책회사를 만든다. 을사조약이 체결된 후 일본은 조선의 산업자본을 키우고 개발한다는 명목으로 제국회의에서 회사설치 법안을 통과시키고 자본금 1천만 원으로 한성부(지금의 을지로 입구)에 동척의 본점을 두고 회사를 발족시킨다. 동척의 주요 업무는 토지 매수. 1913년까지 무려 4만7천여 정보의 토지를 사 들이고 이듬해에는 농공은행農工銀行에서 거액을 융자받아 전라도와 황해도 일대의 비옥한 논과 밭을 강제로 매입한다. 그야말로 조선의 땅을 공식적이고도 합법적으로 식민화시키는 것이었다. 1920년대 중반에 이르렀을 때 동척이 소유한 토지는 6만여 정보. 회사 창립 때 현물출자 형식으로 차압당한 정부 소유지 1만 7천여 정보를 합하면 어마어마한 규모였다. 이렇게 강점한 토지는 '반도인'들에게 소작을 주고 5할을 상회하는 고율의 소작료를 챙기는 한편 춘궁기에 대여한 곡물에 대해서도 2할 이상의 고리를 붙여 추수기에 환수했다. 소작인들은 애써 지은 작물을 괴물의 아가리에 몽땅 털어 넣는 꼴이었다. 그러니 조선의 농민들 대다수는 궁핍에서 벗어날 길이 없었다. 이런 착취는 농민들의 원성을 샀고 마침내 나석주에 의해 동척의 사원이 사살되고 회사는 폭탄세례를 받는다. 그러나 그건 한낱 미풍에 불과했다. 줄기차게 사세를 넓혀 온 동척은 본사를 동경으로 옮기고 조선에 17개의 지점을 설치하는 한편 만주, 몽고, 동러시아, 중국, 필리핀, 남양군도, 말레이반도, 태국, 심지어 브라질에까지 무려 52개의 지사를 설립해 경제침략의 마수를 세계로 뻗치게 된 것이다. 그런데 조선의 내로라하는 거부인 유익건과 그의 집안은 동척의 마수로부터 어떻게 자신들의 재산을 고스란히 유지할 수 있었을까. 이 의문에 대한 대답이 유익건이 애국자인가 아닌가라는 의문을 푸는 열쇠였다. 화렴은 이를 한마디로 간단히 해결해 버렸다.

"동척의 사업에 가장 철저히 협조한 인물이 바로 유익건의 부친이었소."

유익건의 아버지는 동양척식회사에 철저히 협조했고, 그로 인해 유익건이 소유한 방직회사는 물론 그의 집안이 소유한 토지에 단

한 뼘의 손해도 입지 않았다. 유익건의 가족사를 설명해 나가던 화렴이 잠시 말을 끊고는 장만석을 바라보며 묘하게 입술을 비틀어 웃었다. 그의 웃음 속에 담긴 의미를 헤아려 보려 했지만 장만석으로선 불가능했다. 유익건의 불온한 과거를 전혀 알지 못한 주제에 거물 독립운동 후원가를 체포했다고 깝죽댄 자신이 그저 한심할 뿐이었다. 화렴의 눈길을 피하며 테이블 위에 늘어져 있는 담배꽁초를 물끄러미 내려다보던 장만석은 몇 개의 의문들을 동시에 떠올렸다.

'화렴이 조선으로 다시 온 까닭은 뭘까?'

'내가 지금 그를 만났다는 건 무슨 운명의 장난인가?'

'그가 내게 들려주고 있는 유익건의 비밀은 어디까지 믿어야 할까?'

'구상옥은 화렴과 어떤 관계를 맺고 있는 것일까?'

하지만 어떤 것도 쉽게 답할 수 있는 의문이 아니었다. 어쩔 수 없이 대답은 화렴이 내릴 수밖에 없고, 그가 내려 주어야만 정확한 답이라 할 수 있었다. 막다른 골목으로 내몰린 느낌에서 벗어날 수 없었던 장만석에게로, 마치 그의 생각을 꿰뚫고 있다는 듯 화렴이 손을 뻗어 왔다. 그러곤 장만석의 손을 굳게 잡았다. 끈적한 땀이 밴 그의 손은 의외로 부드러웠다.

"장 형. 지금 같은 모습은 형씨에게 어울리지 않아."

호칭이 형으로 바뀌고 말끝도 하대로 바뀌었지만 무덤덤했다. 친

근감을 유도한다는 걸 뻔히 알면서도 장만석은 이물스러움조차 느낄 수 없었다. 땀방울이 미끄러지던 등줄기로 소름이 쪽 끼쳤다.

"장 형의 이런 모습을 보니 갑자기 얘기를 더 끌어가고 싶은 생각이 나질 않군."

"아, 아니요, 선생, 계속해 주시요."

장만석은 화렴에게 잡혀 있던 손을 빼내며 황급히 저었다. 그 모습을 옆에서 지켜보고 있던 구상옥이 입맛을 쩝, 하고 다셨다.

"이보게." 그의 팔이 장만석의 어깨 쪽으로 다가왔다. "우린 지금 자넬 동정하고 있는 거야. 진실을 전하는 게 목적이 아니라."

"동정?"

장만석의 되물음에 구상옥의 고개가 천천히 끄덕였다.

"자네의 처지와 생각, 행동 하나하나까지 자네는 크게 빗나가고 있어. 유익건의 체포는 자네가 둔 최악의 수일지도 몰라. 물론 자네 세계에선 최선의 수일 수도 있지. 하지만 계속 그런 식으로 매달린다면 자넨 더 이상 돌이킬 수가 없게 돼. 내 말을 믿고 싶지 않겠지만, 우리는 그걸 알아. 불을 보듯."

"우리?"

장만석의 눈길이 구상옥에게서 화렴의 얼굴로 재빨리 움직였다. 화렴이 장만석의 손을 다시 잡았다.

"문득, 장 형에게 이런 얘기를 들려주고 싶어지는군." 화렴이 장만석의 손을 놓으며 말을 이었다. "이완용에 관한 거요. 난 그 이름을 입에 담고 싶지가 않지만." 화렴은 입꼬리를 귀밑까지 찢어 비틀며 장만석을 응시했다. 이완용 — 갑자기 그 파락호 얘기는 왜 꺼내는 것일까. 장만석은 이리저리 옮겨 다니는 화렴의 말에 여전히 넋이 빠져 있었다. "이완용의 아들 이명구가 죽은 내력은 알고 계실 테고." 화렴은 테이블 위에 놓여 있던 담배꽁초 중에서 제법 긴 놈 하나를 집어 입으로 가져가 물며 성냥을 그었다.

이완용의 아들이 죽은 내력 — 장만석이 그걸 모를 리가 없었다. 황현黃玹의 『매천야록』에 나오는 이완용의 패륜 행위를 읽으며 진저리를 쳤던 기억이 떠올랐다. 장만석은 가만히 고개를 끄덕였다. 이완용의 아들 이명구에게는 임任씨 성을 가진 처가 있었다. 이명구가 일본으로 유학을 떠나 있는 동안 이완용은 그녀를 범했다. 범했다기보다는 시아버지와 며느리가 간통을 저질렀다는 표현이 합당할는지도 모른다. 어느 날, 일본에서 귀국한 이명구는 두 사람이 알몸으로 누워 있는 장면을 목격하게 되고, 극심한 충격을 받은 그는 가슴이 찢어지는 듯한 비통함에 싸였다. "집과 나라가 망하였으니 어찌 죽지 않을 수가 있으랴家與國俱亡, 不死何爲!" — 집을 뛰쳐나온 이완용의 아들은 스스로 목숨을 끊으며 그런 절망 어린 유언을 남겼다. 아들이 죽은 뒤 이완용은 며느리를 첩처럼 끼고 살았다. 눈앞의 헛된 욕망을 좇으며 살아가는 이완용 같은 자에게는 나라를 팔아먹은 매국노도, 한 집안을 패륜의 구렁텅이로 몰아넣는 파락호破落戶도, 온전한 수식어가 될 수 없다. 그를 수식할 수 있는 말은 세상에 있지 않다. 즐거울 것도 없고, 모르는 것도 아닌 얘기를 장만석에게 차분히 들려준 화렴은 또 하나의 매국노인 민긍익의 얘기까지 잇달아 들려주었다. 민긍익 ― 그 역시 이완용에 못지않은 자였다. 첩의 소생인 딸과 동거하고 아이까지 낳았으니.

"선생!" 장만석은 자신이 못된 패륜아라도 된 더러운 기분으로 화렴의 눈을 응시했다. "왜 이런 얘기를 내게 들려주는 겁니까? 난 지금 유익건 선생의 얘기만으로도 한없이 혼란스럽소."

화렴의 고개가 천천히 끄덕거렸다.

"난 지금 장 형에게 우리의 적이 누구인가를 말해 주고 있는 거요."

그러곤 테이블 위에 놓인 담배꽁초를 주섬주섬 챙겨 재떨이에 도로 집어넣었다.

"우리의 적?"

장만석이 낮은 소리로 되물었다. 적이라니? 적이란 누구인가? 적이라고 부를 수 있는 자는 누구인가? 자신의 이익에 반하고, 자신이 딛고 서 있는 곳의 반대편에 서 있는 사람? 그런 사람이 속해 있는 집단? 그게 적인가? 그러나 적이란 그런 식으로 간단히 구분되어질 수 있는 한 사람, 혹은 부류가 아니란 걸 장만석은 잘 알고 있었다. 조선을 식민지로 삼아 30여 년 동안 참혹하게 유린하고 있는 일본은 분명히 '적'이었다. 그 실체는 '일본 파시즘'이었다. 전근대의 유산과도 같은 천황제를 유지하면서 전체주의적 결속을 사상의 중

추에 두고 있는 일본 파시즘 - 제1차 세계대전이 끝난 후 일본은 급속한 성장을 보였으나 방직과 군수공업에만 집중된 불구의 산업 체계를 갖고 있었다. 세계 대공황이 밀어닥쳐 일본 경제가 퇴락하고 노동자와 농민의 빈곤화가 심각한 상태에 이른 건 그 때문이었다. 거기에 기존 정치단체의 부패와 사회주의 운동의 확산, 중국에서 일어난 혁명의 여파로 일본 내의 불안은 고조되어 갔다. 국내외의 난급한 상황은 일본 군부에게 쿠데타의 빌미로 제공된다. 파시스트 세력이 성장하게 된 것이다. 군부를 중심으로 한 세력들은 국가개조를 통해 위기를 타개하자는 기치를 들고 나왔다. 만주사변을 기점으로 중국본토에 대한 침략이 본격화되고, 급기야 1932년 5월 15일, 청년장교들의 권력을 향한 진입이 시작된다. 5.15사건 - 정당 정치를 부정하고 군부관료가 주도권을 장악함으로써 일본 파시즘은 당당히 권력을 쟁취한 것이다. 그들은 일본 국민의 무의식적 결속을 상징하는 천황에 대한 충성을 극대화하고, 일본인의 의식과 생활을 획일화하고, 일본 민족의 우월함과 대동아 공영권 건설을 강조했다. 그것은 결국 전쟁이 불가피하다는 주장으로 연결되고, 전쟁은 그렇게 교묘하고 섬뜩하게 미화된다. 그들은 독일의 나치, 이탈리아의 파시스트와 연대하며 제2차 세계대전이라는 끔찍한 역사를 창출하기에 이른다. 어쩌면 일본, 혹은 일본의 전체주의는 그들의 군홧발 아래 신음소리조차 내지 못한 채 굴욕을 당하고 있던 조선에겐 '적'이라는 개념으로 파악할 수 없을 만큼 엄청난 힘을 지닌 존재였을지 모른다. 적이란, 적이라는 존재를 인식하고 대등한 힘으로 맞설 수 있을 때에만 불릴 수 있는 것이기 때문이다. 그런 점에서 일본은 '적'이라고 부르기에 벅찬 '괴물'과 같은 존재였다. 적지 않은 조선의 선각자와 지식인들이 그들 앞에 스스로 무릎을 꿇은 이유가 그것일지 모른다. 적이었다면 싸우겠지만, 괴물이라면 저항하는 것 자체가 죽음이라는 인식이 그들의 무릎을 꺾어 버린 것이다. 종이어도 좋고, 노예라도 좋다는 자들에겐 포섭이나 회유나 협박조차 필요하지 않았다. 스스로 괴물의 거대한 힘 앞에 무릎을 꿇은 것이다. 진짜 '적'은 그들이었다. 일본이 아니라 조선 안에 조선의 적이 있었다. 조선인으로 일경의 형사가 되어 7년을 살아온 장만석은, 비로소 자신이 자신의 적이라는 사실을 시인할 수밖에 없었다.

"흐흐…!"

바람에 날리는 갈댓잎처럼 머리를 건들건들 흔들어 대던 장만석이 힘없이 웃었다. 그의 얼굴에 가뭄의 황토길 위로 날리는 파삭한 먼지바람 같은 메마른 표정이 떠올랐다. 그 표정을 지켜보고 있던 화렴과 구상옥은 한동안 입을 떼지 못했다. 이따금 골목을 지나가는 인력거의 삐걱거리는 소리가 살롱의 출입문 밖에서 들려왔다. 장만석의 눈앞으로 유익건의 얼굴이 떠올랐다가 천천히 지워졌다.

"화렴 선생. 이제 전 어떻게 해야 하는 겁니까?"

장만석의 힘없고 쓸쓸한 물음과는 달리 화렴의 얼굴엔 만족스런 웃음이 어렸다. 그 미소를 바라보는 장만석의 심정은 착잡할 뿐이었다. 유익건을 체포해 요다의 고문실로 밀어 넣고 이른 아침 집으로 돌아온 그가 목격한 것은 일본 무사의 흉내를 내는 아들의 모습이었다. 그리고 기다렸다는 듯 밀려든 자신에 대한 의혹과 불안, 그 의혹과 불안을 꿰뚫고 있는 중국계 조선인 사회주의자, 그로부터 전해 들은 유익건의 비밀, 가슴을 짓누르는 적에 대한 논리 — 장만석은 짓눌린 가슴이 아주 조금 열린 것 같은 느낌이 들었다.

"장 형!"

화렴이 수염을 손바닥으로 쓸어내며 그를 바라보았다. 그러곤 빈 담뱃갑을 뜯어 은박지 뒷면을 테이블 위에 펼쳤다. 그 위에 감청색 만년필로 뭔가를 써 내려가기 시작했다. 그러는 사이 구상옥이 자리에서 일어나 출입구 쪽으로 걸어갔다. 그는 문고리가 잠긴 걸 확인하고는 다시 자리로 돌아왔다. 화렴은 은박지 뒤쪽의 종이에다 몇 가닥의 구불구불한 줄을 긋고는 그 중간중간에 차례차례 이름들을 적어 넣었다.

"전차 선로가 아닙니까?"

은박지를 내려다보고 있던 장만석이 그렇게 묻자 화렴은 고개를 들지 않은 채 끄덕였다. 전차 선로는 모두 네 종류였다. 청량리에서 동대문, 종로, 남대문을 지나 용산 역에 이르는 것이 그 하나고, 종로에서 서대문으로 갈라져 마포에 이르는 것이 둘째 선로, 셋째는 종로에서 광화문으로 빠져 효자동에 이르는 것, 그리고 마지막 넷째는 동대문에서 을지로의 황금정黃金停에 닿는 선로였다.

장만석은 화렴이 왜 전차 선로를 상세하게 그리는지 알 수 없었지만 묵묵히 지도를 내려다보았다. 화렴은 청량리에 있는 관립학교와 공립 중등학교, 그리고 아현리阿峴里의 공립 중등학교를 자신이 그린 지도 위에다 표시했다. 그의 만년필 끝은 다시 광화문 쪽으로 돌아와 태평로의 경성부 청사와 경성일보사, 그리고 소공동 일대에 있는 조선호텔과 도서관, 조선은행 본점과 중앙우체국 등을 차례로 표시해 나갔다. 그러곤 고개만 까닥 들어 장만석을 보았다.

　"이 길은 다 알고 있죠?"

　그렇게 묻고는 대답을 기다리지 않은 채 다시 지도 위로 고개를 박았다. 그의 만년필 끝은 지도 위를 빠르게 움직여 나가기 시작했다. 그는 경성 일원을 종횡무진 움직여 가며 콩알만 한 점들을 찍었고, 그 점들에 차례로 숫자를 적기 시작했다.

　장만석이 '백파'를 나왔을 때는 이미 밤이 이슥해 있었다. 밤하늘을 뒤덮은 은하수의 흰 가루들이 골목으로 들어서는 그를 총총한 눈으로 내려다보고 있었다. 그는 눈길을 들어 은하수를 한참이나 올려다보다가 주먹을 쥐고 뒷머리를 가볍게 쳤다. 그러곤 멀리 자신의 집 창호에서 새 나오는 불빛을 묵묵히 바라보았다. 평소의 안온함은 완전히 지워진 채 초라하고 적막할 뿐이었다.

　'삶의 행로가 이렇듯 가볍게 바뀌어도 되는 것인가.'

　술을 제법 많이 마신 것 같았지만 취기는 남아 있지 않았다. 유익건을 체포하기 위해 꼬박 새웠던 지난밤이 거짓말처럼 느껴졌다. 하루 사이에 일어난 일이었건만 그랬다. 화렴의 용의주도한 그물에 걸려든 것 같은 느낌을 지울 수 없었지만, 그렇다고 기분이 나쁜 건 아니었다. 사실, 그에게서 은박지 뒤에 그려진 지도를 건네받을 때만 해도 찜찜했었다. 그러나 그것을 건네주며 화렴이 일침을 가하듯 어떤 사람의 얘기를 들려주었을 때, 장만석은 더 이상 그런 느낌에 빠져 있지 않았다.

김상옥金相玉과 종로경찰서 폭파사건.

화렴이 그에게 들려준 얘기는 굳은 땅에 박힌 말뚝과 같았다. 주저하던 장만석의 마음을 단단히 틀어막아 버린 것이다. 자신들보다 10여세 가량 많은 김상옥이란 사람은 노동을 하며 고학을 한 항일투쟁가였다. 3.1운동이 일어난 1919년 4월, 혁신단革新團을 조직한 그는 그해 12월, 단체 산하에 암살단을 조직한다. 그리고 이듬해 여름, 그는 미국 의원단이 입국할 때를 노려 암살계획을 세운다. 하지만 거사의 비밀이 사전에 누설되고 그해 가을에 상하이로 떠난다. 이국에서 의열단 단원이 된 그는 한 해 뒤 7월에 은밀히 조선으로 들어와 군자금을 모으고 다시 돌아간다. 1922년 12월, 한 차례 다시 귀국한 그는 치밀한 사전준비를 끝내고 이듬해인 1923년 1월 12일, 종로경찰서에 폭탄을 던지고 도피한다. 그로부터 닷새가 지난 1월 17일, 경찰은 추적 끝에 그가 은신하고 있던 집을 포위한다. 그러나 그는 쉽게 걸려들지 않았다. 그는 다무라田村라는 일본인 형사를 사살하고 다른 두 명에게 부상을 입힌 뒤 남산으로 피신한다. 일본 경찰은 군대까지 동원하면서까지 그를 추적하지만 끝내 그를 체포하지는 못한다. 하지만 변장을 하고 효제동 은신처에 숨어 지내던 그는 끝내 발각되고 무장한 경찰 1천여 명과 세 시간이 넘는 대치 끝에 자결로 최후를 선택했다.

종로경찰서를 폭파하고 그 뒤에 벌인 김상옥의 숨 막히는 도피와 추격전은 장만석으로 하여금 많은 생각들을 하게 만들었다. 그것은 결국 장만석 자신의 모습을 비추어 볼 수 있는 거울과 같았다. 그 거울에 비친 지금 그의 몰골은 추하게 일그러져 있었다. 당연한 일이었다.

"그렇게 하지요!"

장만석은 화렴에게 그렇게 말했다. 그것은 지나온 과거의 시간들을 한꺼번에 보상받고 싶었던 그의 욕망이 지른 비명과도 같았다. 또한 그것은 자신의 앞날에 대한 더할 수 없는 도박이기도 했다. 그가 화렴에게 "그렇게 하겠다."고 한 것이 어떤 모습으로 나타날 것인지는, 그때의 그로선 도저히 상상할 수 없었다. 그것은 친구인 구상옥도, 중국인 사회주의자 역시, 알지 못했다. 다만, 1945년 8월 15일, 조선이 일본제국의 압제에서 풀려나는 날까지 장만석이란 사내가 어떻게 살았는지를 명확히 아는 사람이 있다면 알 수 있을 뿐이다.

일본제국주의 공권력의 상징과도 같은 종로경찰서는 한번 끌려가면 성한 몸으로 돌아올 수 없는 곳으로 악명이 높았다. 3·1운동 민족대표 33인을 비롯해 수많은 항일독립운동가와 가족들이 그곳으로 끌려가 고초를 당했는데, '특별수사대'의 고등계 주임 미와 와사부로三輪和三郎는 온갖 잔혹한 고문으로 유명했다. 1923년 1월, 열흘 동안 자신을 쫓던 일경들을 사살하거나 위해를 가하며 저항하다 마지막 순간에 스스로 순절을 택한 김상옥 열사가 폭탄을 던진 곳이 바로 종로경찰서였다. 1928년 치안유지법 위반으로 종로경찰서에 검거돼 취조를 받다 폭행과 살인적 고문으로 중상을 입은 피의자들이 미와 경부를 포함해 네 명의 경찰을 폭행능학독직죄暴行陵虐瀆職罪로 고소한 일이 있었는데, 이 네 명 중에는 김면규라는 조선인 형사가 포함되어 있었다. 이 사실이 소설의 한 모티브가 되었다.

20세기 초 백인이 다수인 국가에서는 흑인들의 인권이 보장되지 않는
다며 아프리카로 돌아가자는 운동을 펼친 미국의 흑인지도자 마커스
가비(Marcus Garvey)는 "역사를 알지 못하는 사람은 뿌리가 없는 나
무와도 같다"는 말을 남겼다. 역사에 대해 어느 정도 앎의 깊이를 가져
야 든든하고 깊게 뿌리내린 나무가 될 수 있을까? 의무교육기간 12년
동안 '국사시간'에 배운 역사만으로 충분할까? 내가 내릴 수 있는 답은
"아니다"이다. 깊고 든든히 뿌리내린 나무에 비유할 수 있으려면 역사
가 일상이 되어야 한다. 지나간 시간을 거울삼는다는 표현에서 알 수
있듯, 역사는 매일 자신의 매무새를 가다듬는 거울처럼 들여다보아야
만 진정으로 역사를 '안다'고 할 수 있는 것이다. 지금의 우리와 가장
가까이에 있는 근현대사는 더더욱 그렇다. "역사를 모르는 민족에겐 미
래가 없다."는 말에 비장해지지 않는다면 우리의 오늘은 한낱 신기루에
불과하다.

하
창
수

오 채

전라남도 안마도에서 태어났다. 서울예술대학 문예창작과를 졸업했으며, 2008년 장편동화
『날마다 뽀끄땡스』로 제4회 마해송문학상을 수상했다. 쓴 책으로는 『우리들의 짭조름한 여름
날』, 『무인도로간 따로별 부족』, 『콩쥐 짝꿍 팥쥐 짝꿍』, 『오메 할머니』, 『나의 블루보리 왕자』,
『열두 살의 나이테』, 『꿈을 가져도 되오?』 등이 있다.

정명섭

1973년 서울에서 태어났다. 대기업 샐러리맨과 커피를 만드는 바리스타를 거쳐 현재는 전업
작가로 생활 중이다. 글은 남들이 볼 수 없는 은밀하거나 사라진 공간을 얘기할 때 빛이 난다
고 믿는다.
역사 추리소설 『적패』를 비롯해 『김옥균을 죽여라』, 『케이든 선』, 『폐쇄구역 서울』, 『좀비 제너
레이션』, 『멸화군: 불의 연인』, 『명탐정의 탄생』, 『조선변호사 왕실소송사건』, 『별세계 사건부:
조선총독부 토막살인』, 『체탐인: 조선스파이』 등을 발표했다. 2013년 제1회 직지소설문학상
최우수상, 2016년 제21회 부산국제영화제에서 NEW 크리에이터상을 받았다.

박정애

1970년 경상북도 청도군에서 태어났다. 현재 강원대학교 영상문화학과에서 '서사 창작'을 가르친다. 지은 책으로 소설 「에덴의 서쪽」, 「물의 말」, 「강빈」, 「덴동어미전」, 청소년소설 「환절기」, 「괴물 선이」, 「용의 고기를 먹은 소녀」, 「첫날밤 이야기」, 「벽란도의 새끼 호랑이」, 동화 「똥 땅 나라에서 온 친구」, 「친구가 필요해」, 「사람 빌려주는 도서관」 등이 있다. 아직까지 소설 쓰기보다 더 재미있고 짜릿하고 충만한 일을 찾지 못했다. "갯즈힐의 서재 샬레하우스에서 종일 원고를 쓰고 난 후 저녁 식사 때 쓰러져 다음 날 세상을 떠났다."는 찰스 디킨즈처럼, 죽기 하루 전날까지 쓰고 싶다.

설 흔

고려대에서 심리학을 공부했다. 「멋지기 때문에 놀러 왔지」로 제1회 창비청소년도서상대상을 받았다. 박지원의 「우상전」을 재해석한 「시인의 진짜 친구」, 박지원의 글쓰기론을 소설로 풀어 쓴 「연암에게 글쓰기를 배우다」 등을 썼다.

하창수

소설가이자 번역가. 1987년 '문예중앙' 신인문학상에 중편 「청산유감」이 당선되어 등단했으며, 1991년 장편 「돌아서지 않는 사람들」로 한국일보문학상, 2017년 단편 「철길 위의 소설가」로 현진건문학상을 수상했다. 소설집 「지금부터 시작인 이야기」, 「수선화를 꺾다」, 「서른 개의 문을 지나온 사람」, 「달의 연대기」, 장편 「천국에서 돌아오다」, 「그들의 나라」, 「함정」, 「봄을 잃다」, 「미로」, 작가 이외수와의 대담집 3부작 「먼지에서 우주까지」, 「마음에서 마음으로」, 「뚝」 등을 출간했다.